光文社文庫

文庫書下ろし／長編時代小説

形見
名残の飯

伊多波 碧《みどり》

光　文　社

この作品は光文社文庫のために書下ろされました。

目次

おもな登場人物

おしげ　……………　橋場の渡し傍にある一膳飯屋〈しん〉の女将。
おけい　……………　橋場の渡し傍にある一膳飯屋〈しん〉の若女将。
平助　……………　橋場の渡し傍にある一膳飯屋〈しん〉の料理人。
新吉　……………　おしげの息子。
おちか　……………　竹町の渡し近くにある『松屋』の芸者。まめ菊。

北
東
南
西
0
1km
千住大橋
鐘ヶ淵
隅田村
小塚原
千住道
日暮里
駒込
谷中
一膳飯屋 しん
橋場ノ渡し
向島墨堤
寺島村
橋場町
今戸町
金杉上町
新吉原
日本堤
山谷堀
千駄木
下谷
鷲神社
今戸橋
竹屋ノ渡し
東叡山寛永寺
浅草寺
小梅村
根津権現
東本願寺
浅草花川戸町
隅田川
小石川
本郷
中堂
吾妻橋
伝通院
不忍池
竹町ノ渡し
新堀川
駒形町
湯島天神
下谷広小路
御徒町
御蔵前
小石川御門
水道橋
神田明神
御米蔵
神田川
外神田
向柳原
天王町
横川
大川
浅草橋
柳橋
番町
昌平橋
和泉橋
柳原土手
両国広小路
本所
田安御門
内神田
組板橋
雉子橋御門
一橋御門
馬喰町
両国橋
回向院
竪川
清水御門
神田橋
小伝馬町
大伝馬町
新大橋
常盤橋御門
北町奉行所
駿河町
瀬戸物町
小名木川
魚河岸
深川
半蔵御門
江戸城
呉服橋御門
日本橋
江戸橋
仙台堀
南茅場町
材木町
西之御丸
南町奉行所
鍛冶橋御門
京橋
八丁堀
組屋敷
永代橋
霊岸島
富岡八幡宮
桜田御門

形見

名残の飯

第一話　山鳩

一

梅雨《つゆ》の晴れ間の昼どきのこと。

おすみは娘のおしゅんを連れ、陽炎《かげろう》の揺れる土手沿いの道を歩いていた。

さらさらと流れる水音は耳に心地いいけれど、川風はひどく蒸している。少し歩くだけで体中から汗が噴《ふ》き出し、ほつれ毛が首筋に張りつく。そんな陽気だからか、蟬《せみ》がやかましく鳴いているほかは、日盛《ひざか》りの道にほとんど人影はない。

つい早足になりそうになるのを堪《こら》え、おすみはつとめて小さな子どもの足に合わせていた。

仕事場から家までは歩いて小半刻《こはんとき》（三十分）。

急いで昼飯を済ませて戻れば、夕方まで二刻半（五時間）は続きができる。もっとも弁当を持っていけば、わざわざ行き帰りしなくて済む分もっと捗《はかど》るのに、亭主持ちの身はもどかしい。

ひと月前から、おすみはかつて世話になっていた、寄木細工《よせぎざいく》職人の親方のもとで働いている。古株の職人が急に辞めて困っているから、戻ってきてくれないかと言われたのだ。

おすみが寄木細工の職人をしていたのは、十八で嫁にいくまでのこと。もう四年前になる。

子持ちの自分に、そんな声がかかるとは意外だった。亭主の周吉《しゅうきち》も冗談だろうと笑ったくらいである。しかし、大真面目な話で、わざわざ親方が直々《じきじき》に頼みにきた。周吉の手前、迷う素振りを見せたが嬉しかった。もとより嫁にいくときも続けたいと思っていた仕事である。おすみは周吉に許しを得て、渡りに舟とばかりに親方の話を受けた。

無意識に気が急《せ》くのは、やりかけの仕事を残してきたせいだ。本当は昨日のうちに仕上げるつもりが、思いのほか手間が掛かっている。

四年振りに仕事へ戻ったはいいが、明らかに腕が鈍《なま》っていた。親方は「なあに、すぐ勘が戻るさ」と慰めてくれるけれど、おすみは焦っていた。請《こ》われて戻ったはずが、足を引っ張っては意味がない。とにかく早く勘を取りもどしたかった。そのためには一にも二にも手を動かすに限る。

　本当は昼飯も抜きたいくらいだった。そんな暇があったら、一刻でも長く仕事をしていたい。そういう無茶を押しとどめているのは、今のおすみが女房で母親だからだ。

　家には迷惑をかけないと、周吉とも約束している。仕事をするにしても家のことはきちんとする。職人である前に女房。親方もその辺りの事情を呑み込んでおり、おすみは幼い娘を連れて仕事に出て、長めに昼の休みを取らせてもらっている。

　親方の家にいる間は、おかみさんが娘の面倒を見てくれている。仕事場の隣の六畳間で、親方が自分の子のために作ったという、古い積み木や剣玉で遊び、おとなしく仕事が終わるのを待っている。

　おしゅんは三つ。近頃は足も達者になり、どこへ行くにも自分で歩きたがる。外遊びの好きな子で、道端の花や虫を見つけるたびに立ち止まるものだから、寄り道ばかりで真っ直ぐに進めない。

「ほら、行きますよ」

声をかけても、夢中になったおしゅんの耳には届かない。

なだらかな坂を下った渡し場も閑散としていた。

川縁《かわべり》には無人の舟がつないであり、渡し場では、木陰で笠をかぶった船頭が握り飯を食べている。

「おっ母《か》さん、舟」

つないでいた手を引き、おしゅんが渡し場を指差した。

「そうね」

「スイスイ」

舌足らずな声で言い、つないでいないほうの手で水を掻《か》く真似をする。

「乗りたい」

おしゅんは甘え声で言い、おすみの手をぎゅっと握った。

「舟は揺れるのよ。おしゅんには、まだ早いわよ」

急いでいるというのに、おねだりが始まった。

「川には蛇もいるんだからね」

「いないよう」

蛇と聞いて、おしゅんが笑い出した。満面の笑みでおすみを見上げ、手をほどこうとする。

「こら、駄目よ」

おしゅんは舟が好きで、川で見かけるといつも足を止める。船頭が艪《ろ》で水を掻き分け、川を進む様が面白いようで、「スイスイ」と繰り返し、飽きもせず眺めている。

「まだお仕事の途中なのよ。帰ったら、お父《とっ》つぁんに頼んであげる」

「今日がいい」

おしゅんは鼻を鳴らし、おすみとつないだ手をふりほどいてその場にしゃがみ込んだ。

「もう」

おすみは腰を屈《かが》め、おしゅんと目を合わせた。

我が儘《まま》なんだから――。

おしゅんは意固地《いこじ》に唇を引き結び、おすみを無視している。

「帰るわよ。お父つぁん、きっとお腹空かせて待ってる」

汗で張りついた前髪を手で梳《す》いてやりながら、おすみは言った。優しい声で宥《なだ》めても、まるで駄目。ひとたびこうなると、おしゅんは梃子《てこ》でも動かない。おすみはため息をつきたいのを堪え、おしゅんの前にしゃがんで背中を見せた。

「はい」

両腕を後ろに差し出しても、おしゅんは知らんぷり。

「おんぶしてあげるから」

屈んだせいか、川縁から立ちのぼる水の匂いが近くなった。夜明け前に起きて洗濯ものを済ませ、炊事をして、仕事場でも根《こん》を詰めたせいか、おすみは軽い目眩《めまい》を感じた。

「おしゅん」

辛抱《しんぼう》強く声をかけ、後ろ手に両腕を伸ばしても、おしゅんは背に乗ってこなかった。

「おんぶが嫌なら抱っこにする？」

「やだあ」

耳許《みみもと》で叫ばれたが構っていられない。おしゅんを抱いて歩きだしたら、腕の中でおしゅんが暴れた。やわらかな手を突っ張って、おすみから逃れようとする。

「もう、おしゅんったら」

幼子の力は思ったより強い。おしゅんの振り回す手が顔に当たり、おすみは堪《たま》らず悲鳴を上げた。それでも嫌々《いやいや》は止まらない。おしゅんは喉を反《そ》らせ、懸命に身をよじっている。三つの子どもに、よくこれだけの力があるものだ。

ともかく落とさないよう足を踏ん張っていたのだが、おしゅんの重さでよろめいた。転ぶまいと足の親指に力を込めたら、鼻緒《はなお》が汗で滑り、あっと思ったときには尻餅をついていた。

「平気？」

慌《あわ》てて身を起こし、おすみは訊《き》いた。おしゅんは地べたに両足を投げ出し、キョトンとしている。どこにも怪我はなさそうだ。おすみは尻をしたたかに打ったが、おしゅんは何ともなさそうだ。

それでも怖かったのだろう。おしゅんは顔を歪《ゆが》めて泣き出した。両手を目に当て、ぽろぽろと涙をこぼしている。

「ごめんね、痛かったねえ」

おすみが頭を撫《な》でようとすると、おしゅんは嫌がってかぶりを振った。顔が汗と涙でぐちゃぐちゃだ。

「痛いの痛いの、飛んでけ」

いつもの呪文を唱えても焼け石に水で、却《かえ》って声を高くして泣く。

「よしよし、おっ母さんが悪かった」

こんなときに限って、飴玉《あめだま》の一つも持っていない。おしゅんは甘い菓子が大好きで、どんなに機嫌が悪いときでも、口に飴玉を放り込んでやればおとなしくなるのに。家を出るときから仕掛かり中の小物入れのことで頭が一杯で、飴玉のことなど思い出しもしなかった。やはり自分は母親失格なのかもしれない。

親の味を知らずに育ったせいだ。

少なくとも、亭主の周吉はそう思っている。

この春に死んだ姑《しゅうとめ》のおふじが、さんざん吹きこんできたのをおすみは知っていた。

あの子は親に可愛がられたことがないから、情というものを知らない。野良猫みたいなもんだからね。ああいう子は母親になっても、まともな子育てはできないよ。

病気で臥《ふ》せってからも、床の中で呪いつづけたものだ。

おしゅんは今も赤い顔をして、しゃくり上げている。人が見たら、いったい何事かと疑われるかもしれない。

そこへ背の高い人影が差した。

「大丈夫ですか」

振り返ると、姿のいい男が立っていた。木陰で握り飯を食べていた船頭だ。おしゅんの泣き声を聞いて、心配して様子を見にきてくれたらしい。

「すみません、ご心配をおかけして。ちょっと転んだだけなんです」

決まり悪さで、ますます汗が出た。

「怪我はありませんか」

「ええ、おかげさまで」

おすみより一回りほど年上だろうか。男は三十を少し出たくらいの歳《とし》に見えた。日除《ひよ》けの笠をかぶっていても、すっきりとした輪郭と引き締まった口許《くちもと》から男前だとわかる。上背もあり、肩幅も広い。

「スイスイ」

おしゅんは男を見上げ、指を差した。

「うん？」

引き締まった口許をほころばせ、男が訊き返す。

「これ、おしゅん。他人様《ひとさま》を指差すのはお止《よ》し」

自分の手で小さな人差し指を覆い、おすみは頭を下げた。

男は鷹揚《おうよう》に返し、おもむろに腰を屈めた。その拍子に日向《ひなた》の匂いが鼻先をくすぐった。

「構いませんよ」

「すみません」

「スイスイ、って舟のことかい」

優しげな声で話しかける。

「うん」

眩《まぶ》しそうな顔をして、おしゅんがうなずく。今泣いた烏《からす》がもう笑うとは、まさにこのこと。おしゅんは涙の筋の残る頰《ほほ》をぷくりと持ち上げた。

「あたし、舟好き」

「そうかい。嬉しいこと言ってくれるな」

「スイスイ」

鼻に掛かった声で言い、おしゅんは目を見開いて男の顔を眺めている。男振りのいい人に話しかけられ、はしゃいでいるのだ。

「ねえ、お舟に乗せて」

おしゅんは男の足につかまった。

「乗りたいのか」

にこやかに応じつつ、ちらとこちらを見る。黙っておすみが首を横に振ると、合点《がてん》したように男は先を続けた。

「あいにくだけど、今からお客さんを乗せるんだ」

「ふうん」

甘えたように小首を傾《かし》げ、おしゅんは男の着物を引っ張った。口を尖《とが》らせてはいるものの、男を相手に駄々をこねる気はなさそうだ。

「堪忍《かんにん》な。次は乗せてやるよ」

「本当に？」

「ああ」

「指切りげんまん」

片手で男の足につかまったまま、おしゅんはもう片方の手の小指を突き出した。男が日に焼けた小指をおしゅんのものと絡める。

「すみませんでした」

おしゅんを立たせてから、おすみはあらためて言った。

「何も謝られる覚えはありません」

「でも、お仕事の邪魔をしてしまって――。今度、乗せていただきます」

「いいんですよ。そんなつもりで声をかけたんじゃありません」

「いえ、この子も乗りたがっていますから」

「そうですか。では、渡し場で見かけたら声をかけてください」

男は破顔《はがん》し、一礼して踵《きびす》を返した。

草の生い茂る坂をゆっくり下りていき、途中で振り返り、おしゅんに向かい手を挙げた。

渡し場につないでいた舟の舫《もや》いをほどき、中へ乗り込む。今からお客を乗せると言った手前、仕事をする振りをしているのかと思いきや、男は舟を漕ぎ出した。案外、おしゅんを宥めるための建前でもなかったのかもしれない。

何となく見送ってから、男の名を訊いていないことに気がついた。

いずれにせよ、もう会うことはないだろう。

仮に訊いたとしても、どうやって捜していいかもわからない。隅田川《すみだがわ》には大勢の船頭が渡し舟を流している。偶然出くわす機会などあるものか。男のほうも同じことを思っているだろう。なに、おしゅんをあやすために口裏を合わせただけ。親切な人だっただけに残念だけれど、おしゅんを舟に乗せてやるとしても、きっと別の船頭だ。

「帰るわよ」

おすみが手を伸ばすと、おしゅんは素直につないできた。男のおかげで機嫌を直して歩き出す。

「お昼、何が食べたい？」

「西瓜《すいか》」

「それはおやつ」

「じゃあ、ところてん」

「そんなもんじゃあ、お腹が膨れないでしょ」

何にしようか。

おしゅんと二人なら、うどんでも茹《ゆ》でて済ませられるが、周吉がいては無理だ。きちんと味噌汁を作って、温かいご飯を出さなくては。

周吉は酒を飲まない分、よく食べる。

職人仕事は気を張る細かい仕事が多く、傍《はた》で見る以上にくたびれる。だから毎食しっかり米粒を食べさせて、力をつけさせてやりなさいと、死んだ姑も常々言っていた。

「おにぎりにしようか。あとは茄子《なす》のお味噌汁」

「茄子嫌い」

「だったら、お豆腐にする？」

周吉には佃煮《つくだに》と、振り売りから買った魚の切り身を出そう。味噌焼きか塩焼きか。それに青物を添える。

「西瓜は？」

「ご飯の後に切ってあげる」

おすみが言うと、おしゅんは満面に笑みを浮かべた。

まったく――。

さっきまで泣きわめいていたのが嘘みたいに上機嫌だ。おしゅんは鞠《まり》を弾みながら歩いている。できれば昼飯の後、そのまま夕方まで寝てくれるといい。そうすれば仕事に戻れる。作りかけの小物入れの完成まで、あと一踏ん張り。今日こそ仕上げてしまおう。

二

「医者に行ったほうがいいな」

昼餉《ひるげ》を食べずに待っていた周吉は、帰りが遅くなった事情をおすみから訊き出すと、腕組みをして面倒なことを言い出した。

「道で転んだんだろう、頭でも打ってるかもしれねえ」

「お医者なんて。ほんの尻餅ですよ」

おすみは苦笑いした。心配してくれるのはありがたいが、ちょっと転んだだけ。医者なんて、いくら何でも大袈裟《おおげさ》だ。

「勘違いするな、お前じゃねえ。おしゅんだよ」

周吉は冷笑した。

「子どもだから、自分でわかってねえだけかもしれねえ。本当は痛いのに、我慢してるってこともあるだろうさ」

低い声で言い、おすみを見据える。

「お前は母親なのに、そんなこともわからねえのか」

「すみません」

肩をすぼめて謝ったが、周吉は返事をしなかった。

「これだから、親の味を知らねえ奴は」

白けた調子でぼやき、聞こえよがしなため息をつく。

また、しくじったのだ。おすみはすぐに不用意なことを言って、周吉を苛立《いらだ》たせる。もう黙っていようと決め、おすみはご飯をよそった。漬け物を刻んで味噌汁と一緒に出す。

「じきに魚も焼けますから」

「……」

腕組みをしたまま、周吉はおすみを見据えている。

「明日の朝、おしゅんが痛がったら医者に行きます」

「いや、今日のうちに行っとけ」

焼けた魚を皿に載せ、茶の間へ運んできたおすみに周吉が命じた。

「明日に延ばすことはねえ」

「でも」

小さな声で抗《あらが》うと、周吉が冷笑を消した。

「お前、おしゅんが心配じゃねえのか」

「そんなことはありませんよ」

娘に何かあれば、むろん心配するに決まっている。が、何ともなかったのだ。転んだのはおすみで、おしゅんは腕の中にいたのだから。そう答えようと口を開きかけたところへ、

「あのねえ、ここを打ったの」

舌足らずな声でおしゅんが割り込んできた。手で額《ひたい》をさすっている。

「どれ、見せてみろ」

周吉に言われ、おしゅんは丸い額を突き出した。

「おでこか？」

「うん」

つるりとした額には傷一つないが、おしゅんは首を縦に振る。

どこも打っていないと、その場にいたおすみは知っている。が、おしゅんを疑うようなことは言えなかった。

「怖かったろう」

「びっくりした」

周吉は深刻な面持《おもも》ちで、おしゅんの額に手を当てた。

「熱いぞ」

低い声で言い、太い眉をひそめる。

おすみは魚の皿を載せた盆を脇へ置き、おしゅんの額に触れた。確かに熱いが、いつもと変わらない。子どもの体温は大人より高いのだ。

「顔も赤いじゃねえか。熱があるぜ」

しかし、周吉は大真面目な顔で念を押す。父親に熱があると言われ、おしゅんまで不安そうに瞳を揺らした。

「かわいそうに。我慢してたのか」

周吉はおしゅんの頭を撫でた。

そう言われ、おすみも手を当ててみたが、さして熱くもなかった。おしゅんはいつもこんなものだ。顔が赤いのは炎天下を歩き、さんざん寄り道をした挙げ句、駄々をこねて大泣きしたせいだと、おすみにはわかっている。おしゅんが額を打った気になっているのも、騒いだ余韻《よいん》で火照《ほて》っているせいだと当たりがつく。

「仕事、休めねえのか」

「取りかかっている注文品があるんです」

「待ってもらえ」

周吉は断じた。嫌な流れになってきたと、おすみは身構えた。

「どうせ、お前の作るものは箱か何かだろ。そんなおもちゃみてえなもん、なくて困るもんじゃねえ」

昼餉の膳がととのっても、周吉は箸をつけようとしなかった。

仕方ない。おすみは諦《あきら》めた。

「親方に断ってきます」

もう午後の仕事が始まっている頃だ。家から戻らないおすみを案じ、親方はやきもきしているに違いない。今日はおしゅんを医者に連れていくから仕事に戻れないと、伝えに行かないといけない。

「何なら、大事をとって明日も暇をもらえ」

周吉がさも当然といった調子で言う。

「端《はな》からお前が家にいれば、こんなことも起きねえ」

思った通り。結局、いつもと同じことを言われた。

「母親のくせに、職人気取りで娘を放り出してるから、子どもが気を惹こうとして熱を出すんだ」

おすみは目を伏せ、相槌《あいづち》を打たなかった。

頭には今日完成させるつもりでいた、寄木細工の小物入れが浮かんでいる。なくても困るものではないと周吉は言うが、だとしても職人は丹精《たんせい》込めて作っており、お客も楽しみにできあがるのを待っている。周吉のこうした物言いには腹が立つ。

「ともかく、親方のところへひとっ走り行ってきます」

「ああ。そうしろ」

「すみませんけれど、お代わりは自分でよそってくださいな」

「言われなくても、そうするさ」

厭味《いやみ》な調子で返され、どっと疲れが増した。

「早く行ってこいよ」

「わかってます」

うんざりした気持ちを隠して言う。

お代わりをよそうため、周吉が腰を浮かした。

「おしゅん、おっ母さんが帰ってくるまでにご飯を食べちゃって。戻ったら、お医者へ行きますからね」

一休みする暇もなく、おすみはふたたび日盛りの道を戻った。

手の掛かる子どもは置いてきたから、早足に親方の家へ急ぐ。

もう――。

何のために帰ってきたのかわからない。

汗をかいているせいか、途中で何度も草履《ぞうり》が脱げそうになった。それでも構わず、ほとんど駆けるようにして、おすみは親方の家に駆けつけた。

案《あん》の定《じょう》、仕事はもう始まっていた。親方は息せき切って駆けてきたおすみを見て、白い眉を上げた。何かあったと察したふうだ。事情を話して昼から暇をもらいたいと、許しを得た。

「すみません、ご迷惑をおかけして」

「子どもが熱を出したんじゃ、仕方ねえ」

「大したことはないんですけど。亭主も心配しておりますし、医者に連れていこうと思いまして」

「そのほうがいいぜ。子どもの体のことだからな。お前も診《み》てもらえよ。今の話じゃ、転んだのはおすみのほうじゃねえか」

「わたしは平気です」

「ま、何ともなければそれでいい。医者に行って、太鼓判を押してもらえば安心だからな」

親方は快活に言い、おすみの肩をぱしんと叩いた。

仕事場を出るとき、兄弟子の伸太《しんた》が鼻を鳴らすのが聞こえた。思わず振り返ると、呆《あき》れ顔をしている。

（だから、言わんこっちゃねえ）

馬面《うまづら》にそう書いてあった。子どもが熱を出して休むとは。これだから女は駄目だと言いたいのだろう。

伸太は親方の遠縁で、おすみが世話になる前から修業している男だ。歳は三つ上の二十五だが、まだ半人前の扱いである。

それが不服なのか、ときおり酒臭い息をしてあらわれる。仕事ぶりも雑で、せいぜい安物の細工しか任されないのだが、親方と縁続きなのを笠に着て、おすみへの当たりが強い。

早い話が、子持ちの分際《ぶんざい》で戻ってきたことが癪《しやく》に障《さわ》るのだ。

親方が目をかけていた筆頭の兄弟子が辞めて、いよいよ自分に目が巡ってきたと思ったところへ、とうに辞めた、しかも女のおすみが戻ってきたのが気に入らず、あからさまに無視をしている。

嫌われるのは別に構わない。

鬱陶《うっとう》しがられるのは慣れているし、職人は一人で仕事をする。口を利《き》いてくれなくても一向に構わないが、意地悪をするような相手に弱みを晒《さら》すのは悔しかった。ただでさえ子連れで仕事場へ来て、昼前には家に戻るため上がらせてもらっている。半端な仕事ぶりだとは自分でも承知している。

おすみだって、きちんと働きたい。

両親を失い親戚を盥《たらい》回しにされていたおすみに、親方は自分のところへ来いと声をかけてくれた。死んだ父親と幼馴染《おさななじ》みで、残されたおすみのことを案じていたのだという。仲間内の噂でおすみの暮らしぶりを聞き、手を差しのべてくれた。

十二で親方のもとで寄木細工の修業を始め、曲がりなりにもお金をもらえるようになり、どうにか生きてこられた。血のつながりはないが、父親のように慕っている。その親方が呼んでくれたから、仕事に戻ったのだ。

おすみに頼んでよかった。そう喜んでもらいたいのに、迷惑をかけてばかり。

暗い気持ちで家に帰り、おしゅんを連れて医者に行ったが、案の定、何ともなかった。おすみは手ぶらで医者を後にした。どこにも怪我がないから、薬も渡されなかったのだ。

金を払って医者を後にしたときには、もう空がうっすら焼けはじめていた。蟬は相変わらずやかましく、日射しも強いが、あと半刻《はんとき》（一時間）もすれば周吉はその日の仕事に片をつけ、湯屋に行く。

昼から暇をもらい、いつもより余裕があった。のんびり歩いても、明るいうちに家に着く。帰ったら、まず洗濯物を取り込もう。久々の梅雨の晴れ間だから布団も干してきた。

それから買い物に出て飯を作り、おしゅんを風呂に入れたら、もう夜だ。小物入れを仕上げられないまま一日が終わる。

周吉のことだ、医者の言葉をそのまま伝えても、明日も休めと言うだろう。そうすれば、また一日先延ばしになる。腕も鈍ったまま、休んだ今日と明日の分、勘を取りもどすまで時間が掛かるに違いない。

「おっ母さん、疲れた」

医者を出てからしばらくして、おしゅんがぐずり出した。

「抱っこ」

「はいはい」

両手を伸ばして抱き上げた。幼い子どもはやわらかく、どこを触っても滑らかで、乳臭い匂いがする。

おしゅんを抱くと、胸を焼いていた焦りが鎮まる。

落ち着いてみれば、周吉に腹を立てたのも八つ当たりだったように思えてくる。

仕掛かり中の仕事ができないのが悔しくて、ちょっとした厭味《いやみ》が耳に障《さわ》ったのだ。

あれくらい聞き流せばよかった。

軽く背を叩いてやっているうちに、おしゅんは寝てしまった。小さく口を開け、一人前に鼾《いびき》をかいているのがおかしい。

周吉はおしゅんが可愛いのだ。だから母親のおすみには外に出ず、家にいてほしいと思っている。それだけだ。

おすみとて、おしゅんは可愛い。その気持ちは本物なのに、周吉には信じてもらえない。おすみが仕事をしているからだ。

このまま続けたいけれど――。

小さい子がいるのに図々《ずうずう》しいだろうか。

亭主の稼ぎで食べていけるのだ。もし母親が生きていたなら、きっと言うだろう。お前は果報者だね、と。立派な亭主と可愛い子に恵まれ、何の心配もない。それが一番の幸せだよ。

確かに、その通りなのだ。

周吉は腕のいい職人の父親と、世話好きな母親に、大事に育てられた。一人息子で、歳はおすみの六つ上の二十八。おすみの親方と、周吉の父親が同業で親しくしていたのが縁で知り合った。欄間《らんま》職人をしており、三年前、息子が嫁を得て安心したように亡くなった舅《しゅうと》の跡を継いで、ささやかながらも表店《おもてだな》の主《あるじ》となった。毎日の暮らしに不足はない。おかげさまで、おすみは嫁にいくまでの金の苦労とは縁が切れた。

真面目な働き者で、短気なところはあるけれど、商売仲間からの信頼も篤《あつ》い。男振りもまあまあで酒も博打《ばくち》もせず、何より娘のおしゅんを大事にしている。

姑のおふじが生きていた頃は意地悪をされたけれど、そんなものはどこの家にもある。育った家を馬鹿にされ、死んだ親のことで厭味を言われたのも、今はもう昔のこと。寄木細工でおもちゃを作れても、満足に出汁《だし》も取れないようでは嫁失格と嘲《あざけ》られたときも、周吉はちっとも庇《かば》ってくれなかったが、それもよく聞く話。男は大抵母親に弱いのだから仕方ない。

寂しかった子ども時代を思えば上出来だ。この巡り合わせに感謝しなければ罰《ばち》が当たると、自分に言い聞かせているのだけれど。

腕がだるくなってきた。おすみはおしゅんを揺すり上げ、夕方前の道を歩いた。気のせいか、足下に延びる影までうなだれて見える。

ご飯、何にしようか――。

さっき昼飯を用意したばかりなのに、もう夕飯だ。その後おしゅんを風呂に連れていき、布団を敷いて寝かせて、繕いものでもしているうちに一日が終わる。そう思うと足が重くなってきた。

三

翌々日の朝、いつも以上に早く床を出た。

今日こそは小物入れを仕上げてしまいたいと、目が覚めたときから気が逸《はや》っている。おすみは薄暗い台所で米を研ぎ、朝餉《あさげ》をととのえた。

「なんだ、ずいぶん早《はえ》えな」

台所を覗《のぞ》いた周吉は、胡乱《うろん》な目でおすみを見た。

「昨日お休みをいただいて、ゆっくりしたせいかしら。早く目が覚めちまったんですよ」

「ふうん」

「顔を洗ってきてくださいな。今、お味噌汁をよそいますから」

「おしゅんはまだ寝てるんだろ」

「もう起きるところですよ」

「なに、無理に起こすことはねえ。子どもは寝るのが商売だ」

欠伸《あくび》をしながら、周吉は台所を出ていった。

おすみは返事をせず、味噌汁の鍋の火を止めた。周吉の気配が遠のいてから、ふう、と息を吐く。

起こしにいくと、おしゅんは寝惚《ねぼ》け眼《まなこ》で少々愚図《ぐず》った。

怖い夢を見たとかで、床の中で指しゃぶりしている。とりとめもない夢の話を聞きつつ、おすみはおしゅんに朝餉を食べさせた。周吉は食欲旺盛《おうせい》で、納豆と干物でご飯を二膳もお代わりした。

「茶をくれ」

普段なら、食後はすぐに仕事を始める人が珍しいことを言う。そのくせ、おすみが煎茶を淹《い》れても、周吉はすぐに手をつけなかった。

さっさと空いた皿を片づけたいおすみは気を揉《も》みつつ、おしゅんを着替えさせ、自分も出かける支度をした。

そういうおすみを、周吉が横目で窺《うかが》っていた。

「目の前でバタバタされると落ち着かねえな」

相槌を打つのも面倒で動き回っていると、わざとらしく舌打ちする。それだけではない。周吉はおすみが急いでいると承知で、つまらない用事を言いつけ、出かけるのを邪魔した。

周吉が仕事場に立ったのは、茶を淹れてから小半刻も経《た》ってからだった。結局、いつもと同じ時刻に家を出ることになり、おすみはおしゅんの手を引き、宥めすかしながら仕事場に向かった。


「どういうことです」

小物入れはもう注文先に納めたと言われ、おすみは頰を引き攣《つ》らせた。

まだ完成していないものをなぜ、と思った。箱の形にはなっているが、仕上げはこれからだ。あんなものを納めるなんてと青くなったおすみを見て、兄弟子の伸太が鼻を鳴らした。

「俺が間に合わせたんだ」

勝ち誇ったように言い、顎《あご》をそびやかす。

「てめえの仕事がのろいから、俺が無理してその分も作ったんだ。まったく、何の助っ人だかわかりゃしねえ」

「すみません」

「口で謝って済めば、易《やす》いもんだぜ」

横を向き、伸太がぼやく。

「間に合わなければ、親方が恥を掻くところだったんだ。俺がいなけりゃ、大ごとになってたんだからよ」

しかし、小物入れの納品日は今月末の約束だったはずだ。あと三日ある。捻子《ねじ》を巻き直して掛かれば間に合う算段だった。伸太に手伝ってもらうつもりはなかった。どうにも釈然としない。

「ちっと話が違うな」

仕事場で弟子二人が揉めているらしい雰囲気を察し、親方が割って入ってきた。

「先方の都合で、急に納品を急がされたんだよ。おすみは悪くねえ」

「そうだったんですか」

話の筋が明らかになり、腑《ふ》に落ちた。

「ま、仲太がいてくれたおかげで、助かったのも事実だがな」

「ありがとうございます、仲太さん」

おすみはあらためて頭を下げたが、仲太は返事をしなかった。聞こえなかった振りをして、下唇を突き出している。

「俺からも礼を言うぜ」

親方がおだてるように両肩を揉むと、ようやく仲太は頬を緩《ゆる》めた。それをごまかすように、人差し指で鼻の下をこする。

「始めるか。今日も忙しくなるぜ」

その合図で仕事が始まった。おすみは小物入れの代わりに、別のお客に頼まれた豆箱を作ることになった。大きさは四方二寸。

お客さんは自分の幼い娘に贈りたいのだそうだ。小さな子どもの手でも持つことができる宝物。そんなものを作ってほしいと注文が来ている。

「どうだい。やれるか？」

さっきまでの落胆が吹き飛び、胸が喜びで一杯になった。

「やらせてください」

「そうかい」

おすみの返事を聞き、親方は顔をほころばせた。

「納期までは余裕がある。腰を据《す》えて、じっくり取りかかればいい。俺もついてる。わからねえことがあれば、いつでも訊けばいいさ」

「精一杯やらせていただきます」

親方の目を見て返すと頬が火照った。武者震《むしゃぶる》いを感じ、頭の芯が心地いい緊張で痺《しび》れる。

案の定、仲太が不機嫌になり、舌打ちを浴びせたが、おすみは聞き流した。新しい仕事を前に気が浮き立っている。

さっそく下絵描きから始めた。どんな模様にしよう。

娘さんに贈るなら縁起のいい柄がいい。

七宝《しっぽう》矢羽《やばね》や風車はどうだろう。

それとも、細かな碁盤目を並べた市松《いちまつ》模様にしようか。それを基《もと》に色の濃淡で縁起物の柄をあらわすのもいい。四方二寸の宝物。小さな頃はもちろん、いずれ年頃になっても手許へ置いておきたいような、そんなものを作りたい。

考えあぐねているうちに昼が来た。

「おすみちゃん」

声をかけられ、我に返った。弾《はじ》かれるように顔を上げると、おかみさんがおしゅんを抱いて苦笑いしていた。

「もうお昼よ」

「すみません、ちっとも気づかなくて」

「ご亭主がお腹を空かせて待ってますよ。急いで戻らないと」

「はい」

夢から覚めたように、おすみは腰を上げた。おしゅんはおかみさんの胸に顔を押しつけ、目をつぶっている。いつの間に昼を回っていたのだろう。鐘が鳴ったのも気づかなかった。

「何なら、うちの昼飯を持たせてやったらどうだ」

慌てて下絵を片付けていると、親方がおかみさんに言った。

「ごめんなさい。何も用意してないのよ。おしゅんちゃんの積み木遊びの相手をしていたから、作る暇がなくて」

「お世話をおかけしました」

迷惑をかけたのだと、おすみは慌てた。つい夢中になってしまって、うっかりして昼時になったことにも気づかなかった。

「いいのよ、小さな子がいれば仕方ないもの」

親方とおかみさんの間には、やはり職人をしている息子がいる。今は別の職人のところへ修業に出しており、離れて暮らしている。

おすみは頭を下げ、手を伸ばした。

「起こさないようにね」

「はい」

おしゅんは神経質な子で、寝ているところを邪魔されると癇癪《かんしゃく》を起こす。おかみさんもひと月ほど預かってみて、そうした癖を呑み込んでいるようだ。

幸いおしゅんは起きなかった。おすみの腕の中に収まり、すうすうと寝息を立てている。

「可愛いわねえ。本当、器量よしだこと」

おしゅんの頬を指でつつき、おかみさんがつぶやいた。

「これなら、嫁の貰《もら》い手に困ることはないわ」

「だといいんですけど」

「でも、このまま一人っ子なら、婿さんを探すことになるわね。周吉さんみたいな、腕のいい職人が来てくれれば御《おん》の字ねえ」

おかみさんは気の早い心配をする。

「三つでしょう。今が一番いい時期だわ」

「はい」

「あともうちょっとしたら、我が出てきて大変になるわよ」

そういう話は聞いたことがある。

「脅かすわけじゃないけど、本当に手が掛かるの。とても外でなんて働けなくなるわね。こうしていられるのも今のうち」

「………」

「お前さんも、早く誰か探しておあげなさいな。こんな小さな子のいるおっ母さんに無理をさせるなんて、おすみちゃんに甘え過ぎですよ。おしゅんちゃんも可哀想でしょ」

「わかってらあ」

水を向けられた親方が言う。

「もう。口ではいい返事をするんだから」

ねえ、とおかみさんが目配せする。

「大丈夫。あたしも方々へ声をかけてるのよ。ご亭主やおしゅんちゃんのためにも、早くおすみちゃんを家に戻してあげないと」

　おかみさんが胸を叩いた。

「――ありがとうございます」

　咄嗟《とっさ》に礼を言ったものの、おすみは胸が縮こまるのを感じた。仕事の高揚で火照っていた顔に、冷や水を浴びせられたみたいだ。どこにいようと、おすみは母親。それを忘れてはならなかった。おかみさんの厚意に甘えて、仕事場にいる間おしゅんを預けていたのは図々しかったかもしれない。

　家に戻ると、周吉が待ちかねて貧乏揺すりをしていた。

「ごめんなさい、すぐ支度します」

「早くしろ。この後、お客さんのところに行くんだからよ」

「はい」

「お前の寄木細工と違って、俺の仕事は先延ばしできねえんだ。他人様の大事な家に納める欄間だからな。お前の作ってるような、子ども騙《だま》しのおもちゃじゃねえ」

「わかってます。ごめんなさい」

　さっきから何度も謝っている。

　急いで台所に立ったら、茶の間に寝かせたおしゅんが泣きだした。目を覚ましたのだ。周吉があやしてくれるかと期待したが、厠《かわや》へ行ったまま戻らない。おすみは味噌汁の鍋を火にかけ、おしゅんをあやしに行った。母親の顔を見て、よけい愚図りだしたのをなだめていると、

「おい、噴いてるぞ」

周吉が言いに来た。

おしゅんを置いて台所へ行くと、味噌汁が煮立っていた。おまけに釜を覗いたら、ご飯は一人分しか残っていなかった。何はともあれ周吉に食べさせ、隣の家にご飯を分けてもらいにいった。

「すみません、急に」

「いいけどさ、どうしたの。なんだか疲れてるみたいだけど」

隣家の女房はおすみを見て、案じ顔をした。

「いえ、平気です」

笑ってみせたつもりが、自分でも情けない面持ちをしているのがわかった。

何をしてるんだか——。

あっちでも、こっちでもへまをして。仕事も半端な形で放り出して。まったく、自分で自分が嫌になる。

とはいえ落ち込んでいる暇はない。早く仕事場へ戻らなければ。隣家の女房が分けてくれたご飯に胡麻《ごま》を振って、おしゅんに食べさせている間もおすみは頭の中で豆箱の下絵を考えていた。

「おっ母さんは食べないの?」

顎にご飯粒をつけたおしゅんが言う。

「うん。お腹が空いてないから」

嘘ではなかった。気が張っているせいか、不思議と空腹を感じない。朝飯も食べ損ねたのに妙なことだ。このところの蒸し蒸しした天気のせいで、梅雨も明けないうちから夏負けしたのかもしれない。

出がけに冷たい水を飲んで、気持ちをシャキッとさせると、おすみはおしゅんの手を引いて家を出た。

その日、おすみは親方と相談して、下絵を固めた。

六角麻《ろつかくあさ》の葉を軸に、様々な木材を使って色に変化をつけることにした。水木《みずき》で白、赤楠《あかぐす》で茶、朴《ほお》の木《き》で緑、神代桂《じんだいかつら》で淡黄《たんこう》。あっさりとした模様を繰り返し、色とりどりの六角を並べる。

おすみの頭の中には、幼い女の子が喜びそうな、綺麗《きれい》な色の豆箱が浮かんでいる。

中に何を入れようかと、もらった途端に目を輝かせ、いつまでも手に載せて眺めていたくなる、そんなものを作るつもりだ。

すくすく伸びる麻をかたどった模様は、子どものすこやかな成長を願う縁起物として、昔からよく産着《うぶぎ》にも使われる。おすみは自分がおしゅんに贈るつもりで、可愛らしい豆箱を作りにかかった。

欲しい木材はすべて揃《そろ》っている。親方の作った麻の葉もあるが、ここは一からやりたい。

おすみは仕事場にある木材を慎重に吟味《ぎんみ》した。同じ木でも、ものによって微妙に色が異なる。おすみは頭に思い描いている豆箱の組子《くみこ》になりそうな板を選んだ。

模様の軸となるのが組子。おすみは赤楠に線を引き、太さを決めてから、手鋸《てのこ》で細く切った。それを六角形に並べ、小さな組子を作る。

ここが肝心なところ。線が狂うと箱にしたとき、ぴったり閉まらなくなる。息を詰めて手鋸を使い、細長い軸を作って形にする。ここがうまく決まるかどうかで、仕上がりに差が出る。

ようやく一つ組子が仕上がり、おすみは張り詰めていた気を緩めた。

「そこまでにしときな」

いたらしい。

親方に声をかけられ、はっとした。没頭するあまり、またときが経つのも忘れて

仕事場には薄闇が忍び込んでいた。もうそんな時刻かと、おすみは泡を食って道具をしまい、親方に長居をした詫《わ》びを言った。

「おしゅん――」

「さっき俺が送ってきた」

あまりに一生懸命で、途中で切り上げさせるのが忍びなく、親方がおしゅんだけ先に家へ連れ帰ってくれたという。

「亭主にはうまく言っておいたからよ。慌てなくていいぜ。ゆっくり帰りな」

それればかりか、おかみさんの作ったおかずまで届けてくれたと聞き、おすみは感謝しきりだった。そこまで気を回してくれたとはありがたい。

「すみません、何から何まで」

「なに、いい仕事をしてもらってるんだ。それくらいお安いもんさ」

親方はさっぱりと言う。

「また明日も頼むな」

「はい」

おすみは何度も頭を下げ、仕事場を後にした。

ずっと根を詰めていたせいか、全身が気怠《けだる》かった。けれど、悪い気分ではない。むしろ爽快だった。嫁にいくまでは、毎日こんなふうに気持ちよく疲れていたことを思い出す。

土手沿いの道を歩きながら、おすみは眩しい西日に顔を晒した。少しずつだが、鈍っていた腕が戻ってきているのを感じて、胸が浮き立っていた。道は埃《ほこり》っぽく、相変わらず川風は蒸して湿っぽい。明日は雨になりそうだ。梅雨の終わりどきには、ときおり驚くほどの降りになる。

雨が過ぎ去れば暑い日がやって来る。その前におしゅんを蛍《ほたる》狩りに連れていこうか。舟に乗せてやってもいい。

もっとも、仕事の進み具合によるけれど。蛍狩りに間に合わなければ花火でもいい。周吉に今夜あたり頼んでみようと思いながら歩く、おすみの足は弾んでいた。知らず頬に笑みが浮かんでいたようで、すれ違う人に怪訝《けげん》な顔をされたが構わなかった。

「ただいま」

気持ちの弾みもそのままに帰ると、周吉は留守だった。いつも履いている雪駄《せった》がない。家の中はしんとして、台所には汚れた茶碗や皿が重ねてあった。周吉はおしゅんを連れて湯屋へ行ったようだ。

いないとわかり、安堵《あんど》する。親方がおしゅんを連れ帰ったとき、周吉は驚いたはずだ。決まり悪そうに頭を掻く姿が目に浮かぶ。おすみには横柄《おうへい》だが、内弁慶《うちべんけい》な人だ。亡き父の同業だった親方には、ぺこぺこと愛想よくしたに違いない。

お櫃《ひつ》は空《から》だった。周吉は自分だけ食べ散らかし、おすみのためにご飯を残しておく気も、皿を水につける気もなかったらしい。

洗い物をした後、西瓜を切った。台所に残っているのがそれだけだったのだ。台所で立ちながら、行儀悪くかぶりついたところへ、周吉が帰ってきた。

「お帰りなさい」

咄嗟に口を拭いて、台所から顔を出す。

「いいお湯だった?」

「別にいつもと変わらねえよ」

周吉の態度が素っ気《そけ》ないのにぎくりとした。

「わたしも行ってこようかしら」

「好きにしろ。雨に降られそうだけどな」

おすみは急いで支度をして湯屋へ向かった。周吉の言った通りだった。空はどんよりと曇り、月も星も見えない。湿った風はもう雨の匂いがした。遠くで雷が鳴る音もする。

烏《からす》の行水《ぎょうずい》で汗だけ流して湯屋を出ると、風が強くなっていた。相変わらず蒸しているが、やや涼しくなったようだ。

これは降るわ――。

そう思いながら歩き出した途端、ぽつりと来た。

四

今朝も山鳩《やまばと》の声で目が覚めた。

夜明け前、障子窓の向こうが暗いうちから鳴き出すと、おけいの目が開く。

デッデポッポー、デッデ。

枕に頭をつけたまま、のどかな鳴き声を聞く。

雨の心配はなさそうね――。

山鳩の鳴き方で今日の天気がわかると、教えてくれたのは亡き祖父だった。あれはいつのことだったろう。おけいがまだ三つか四つのときか。

小用で目を覚ましたおけいが起きると、縁側に祖父がいた。まだ薄暗いのに着替えを済ませ、団扇《うちわ》を片手に庭を眺めていた。

奉公人にはずいぶん厳しかったが、祖父というのはどの家でもそうなのか、孫娘には甘い。その朝も祖父は起きてきたおけいを手招きし、膝の上に乗せた。外には薄闇が残っており、ひんやりとした夜気が足下に溜《た》まっていた。祖父は早起きして、山鳩の声を聞いていたのである。

(今日は晴れるな)

祖父は山鳩の鳴き声を聞きながらつぶやいたが、子どもだったおけいは俄《にわか》に信じられなかった。その頃は雨続きで、庭にはいくつも水溜まりができていたのである。

しかし、祖父の言った通りだった。夜が明けると昨日までのぐずついた天気が一転、見事な晴れ空が広がった。

山鳩がデッデポッポー、デッデと鳴いたら晴れ、デッデッポッポなら曇り、短くデッデと鳴いていると雨が降る。種明かしのように祖父が教えてくれたのを今でも憶《おぼ》えている。

子どもの頃は面白がって耳を澄ませていたものだが、嫁にいき、子が生まれて忙しくなってからは忘れていた。思い出したのは、母のおしげと二人で橋場《はしば》の渡《わた》しへ越してきてからである。

昔と比べて贅沢《ぜいたく》のできない代わり、平穏に日々を過ごしている。天気がいいなら、朝の仕込みの前に寝間着を洗おうか。布団も干したい。このところの雨のせいで洗濯物が溜まっているのだ。

おけいは隣で寝ているおしげを起こさないよう、そっと布団を出た。顔を洗って身支度を済ませ、寝間着を抱えて外に出た。

井戸端の盥に水を溜めている間、おけいは深呼吸した。朝一番の空気は瑞々《みずみず》しく、吸うと体が生き返る。

梅雨の終わりの長雨がようやく止《や》んだのは三日前のこと。以来、猛烈な暑さに見舞われている。いくら綿を抜いた布団でも、とても被《かぶ》っていられない。かといって、何も掛けずに寝ればお腹が冷える。寝苦しい日が続いて悩ましいが、早起きして外の空気に当たると、寝ても取れなかった体の疲れが癒《い》える。

すぐ近くの木の枝にとまっているのか、山鳩の声が近い。今年の梅雨はずいぶん長いが、そろそろ明けるらしい。朝、山鳩が鳴くようになれば夏。それも祖父が教えてくれたこと。

山鳩は二羽いた。

「デッデ」

「ポッポー」

仲良く声を合わせている。番《つがい》だろうか。

微笑《ほほえ》ましい思いで耳を澄ませているうちに、おや、と思った。どうも片方の山鳩の鳴き方がぎこちない。番ではなく親子なのかもしれない。ぎこちないのは雛《ひな》で、鳴き方を修業しているところなのだろうか。

どこで鳴いているのか気になって立ち上がり、それとなく辺りを見渡すと、幼子を背負った若い女が土手を歩いているのが目に留まった。

まあ――。

道理で、と思わず頬が緩んだ。ぎこちない山鳩の鳴き声は女の口真似だった。

朝の散策だろうか。女は背中の子を揺すり上げつつ、ポッポ、ポッポと繰り返している。それが面白いのか、幼子が喜んで手足を振り回しているのが可愛い。くすりと笑い声が漏れたのが聞こえたのか、女が振り返った。

女はおけいと目が合うと、顔を赤らめた。

「すみません」

小さな声で詫び、目を伏せる。

「謝るのはわたしのほうですよ。立ち聞きしたりしてごめんなさい。それにしても、お上手なのねえ。てっきり本物の山鳩かと思いましたよ」

「いえ」

うつむいたまま、女は首を横に振った。

「お嬢ちゃんとお散歩？」

女の背中越しに幼子の顔が覗いている。

「今日は川風も涼しくて、お散歩日和《びより》ですね」

やはり女は顔を上げない。どうも様子がおかしいと思ったら、女の頰には涙の筋があった。朝早く土手を歩いていたのは、泣きたかったからかもしれない。

おけいは口を閉じ、女を見た。気まずい沈黙をよそに、本物の山鳩がまた鳴いた。

幼子が小さな足で女の背を蹴った。急に口真似を止めた母親を訝《いぶか》しがっているらしい。女はそれを受け流しつつ、おけいに一礼した。それからくるりと踵を返し、足早に去ろうとする。

その拍子に何かが落ちた。背中の子どもが手に持っていた物のようだ。

「待って」

おけいは女を呼び止めた。

「落としましたよ」

数歩行って腰を屈《かが》め、手を伸ばす。掌に収まる豆箱だ。色とりどりの細かな模様が入っている。

「まあ、綺麗」

思わず声が出た。

「すみません――」

引き返してきた女が肩をすぼめる。

「いいんですよ。それにしても、こんな小さな寄木細工があるんですね。綺麗な色合いで可愛らしい」

手に載せた豆箱をしげしげと眺めてから、女に返した。

「はい、どうぞ。拾って差し上げられてよかった。大事になさっているものでしょう、いいお品ですもの」

おけいが言うと、女は真顔で見返してきた。

「――いいえ」

「お世辞じゃありませんよ。わたしも娘時分、親に似たようなものを買ってもらって、ずっと大事にしていましたもの。おはじきを入れるのに使っていたかしら。懐かしいわ」

黙っておけいの話を聞いている女の目に、涙が盛り上がってきた。慌てたように横を向き、まばたきをする。女は夏らしい藍《あい》地の木綿《もめん》に白い帯を締め、小さく結った丸髷《まるまげ》に控えめな簪《かんざし》を挿《さ》していた。化粧っ気はないが、あまり日に焼けておらず、肌が瑞々しい。

小さいながらも表店の商人とか、職人の女房といった風情だ。歳はせいぜい二十《はた》歳《ち》過ぎと、おけいは見当をつけた。旅人ではない。眠れない夜を過ごし、そのままふらりと家を出てきたふうに思える。

女は鼻の頭を赤くしてうつむいた。背中の子どもが不思議そうに首を伸ばし、母親に頬を寄せる。

「お名前は？」

訊《たず》ねると、子どもは恥ずかしそうに母親の後ろに隠れた。

「しゅん、と言うんです」

くぐもった声で女が答える。

「おしゅんちゃんね。早起きして偉いわ」

「舟を見にきたの」

子どもはそろそろと顔を出した。

「いいわねえ」

おけいは川に目を遣《や》った。まだ薄暗いこの時刻では、さすがにまだ渡し舟の姿はない。あと半刻もすれば出てくるだろうが、それまで川縁で待っているつもりなのか。

今は涼しいし、渡し場には木陰もある。空も明るんできている。幼子を連れて散歩するには、ちょうどいい時季なのかもしれないとも思ったが、どうにも気になった。

「ねえ、朝ご飯はまだでしょう」

おけいは女に言った。

「よかったら、うちに寄りませんか。すぐそこの一膳飯屋《いちぜんめしや》なんですけれど」

「……はあ」

「わたしもね、これからなの。大した物はお出しできませんが、お米はおいしいのよ。ちょうど今から炊こうと思って」

女は迷う顔をした。

「うちは母親と二人だから気兼ねはいりませんよ。舟が出るまで、食べながら待ったらどうかしら」

「スイスイ」

舟と聞き、子どもがぱっと喜色《きしょく》を浮かべた。両手を広げ、水を掻く真似をする。

「あら、船頭さんの真似ね。お上手だこと」

「おっ母さんは山鳩。ポッポ、ポッポ」

「これ」

女が顔を赤らめ、子どもを窘《たしな》めた。

「そうね、おっ母さんは山鳩がお上手ね。さっきもやっていたでしょう。本物かと思ったもの」

「ポッポー」

母親を褒《ほ》められ、子どもは喜んだ。女の背から無理やり下りてきて、手につかまり、もう片方の指を咥《くわ》える。

「お腹空いた」

子どもは女の腕にぶら下がり、ねだるように見上げた。おけいはくすりと笑い、女の顔を見た。

「すみません」

「どうして謝るの。お誘いしたのはこちらのほうですよ」

おけいは言い、口の両端を持ち上げた。

「さ、行きましょう。ほんの近くですから」


母親のおしげは、おけいが突然お客を連れて戻っても驚かなかった。

「おや」

形のいい眉をすいと持ち上げて二人を眺め、目尻に皺《しわ》を寄せる。

「いらっしゃい」

「突然お邪魔いたしまして——」

女はおしげに向かって頭を下げた。

「そんなこと。おけいのほうから声をかけたんでしょう？」

「ええ、そうなの」

おけいはうなずき、女とおしゅんに好きなところへ腰をかけるよう促した。

「この人が母。わたしは、けいと言います。母のしげと二人で一膳飯屋をしております」

「すみです」

「お家はこの近く？」

「はい」

おすみは無口だった。問われたことには答えるが、あとはおとなしくしている。人見知りするたちなのか、あるいは何かしら気落ちしているせいか。両方かもしれない。

つい声をかけたのは、おすみが暗い目をしていたからだ。背中のおしゅんに悟られないよう声は明るく作っていたが、頬には涙の筋があった。こんな時刻に外歩きしていたのは、家では泣けない事情があるのだろう。

おけいにも覚えがある。

家には案外泣くところがない。ことに、おしゅんのような小さな子がいればなおさら。昔、おけいも弟の新吉《しんきち》のことで苦しんだときは、湯屋で涙を流したものだ。婚家に迷惑をかけている身で、堂々とめそめそする勇気もなかった。

婚家は日本橋《にほんばし》の瀬戸物町《せとものちょう》で飛脚《ひきゃく》問屋『信濃屋《しなのや》』を営んでおり、おけいはその長男の嫁だった。息子もいた。名は佐太郎《さたろう》。おしゅんと同じようにおんぶされるのが好きな男の子だった。

おけいが離縁されたとき、佐太郎は五つ。おしゅんより大きかったが、それでも母親が泣き顔を見せるわけにはいかなかった。

その点、湯屋はいい。もうもうと漂う湯気と水音が涙を隠してくれる。おすみが川の傍を歩いていたのも、山鳩の泣き真似をしていたのも、おしゅんに自分のため息を聞かせたくないからかもしれなかった。

子を産むと、女は自分のために泣けなくなる。子どもは母親の笑顔が好きだから。辛《つら》くても堪える癖がつき、そのうち泣こうと思っても泣けなくなる。

「ねえ、おすみさん。ご飯は硬いのと柔らかいの、どちらがお好みかしら」

考えてみれば無茶な話だ。母親だって一人の女。泣きたいときもあれば、誰かに慰めてもらいたいときもある。

五

いきなり訊かれ、おすみは首を傾げた。

「ご飯ですか？」

「ええ、そう。今から炊きますから、お好みを伺《うかが》おうと思って」

にっこり笑うと、頰に笑窪《えくぼ》が浮かぶ。

きっと一回りは年上だろうに可愛らしい人だ。色白で全体にふっくらしている。着物も帯も地味で飾り気がないが、清潔な匂いがする。

おけいの言ったとおり一膳飯屋までは歩いてすぐだった。古びた建物で屋根瓦は色褪《あ》せているが、白木の看板だけが割に新しい。『しん』。それがこの店の屋号。渡し場を訪れる旅人相手に商売をしているのだろう。

目の前にいるおけいが若女将《おかみ》、年嵩《としかさ》のおしげが女将。母娘揃って品がいい。おけいも綺麗だが、おしげは若い頃はさぞかし、といった美人である。

おすみは日頃めったに外でご飯を食べない。お茶を飲むことも稀《まれ》だ。おしゅんが生まれてからは、より縁遠くなった。周吉も寄り合いや取引相手に誘われなければ、家で食べる。酒に弱いというのもあるが、もとより内弁慶で人付き合いが苦手なのだ。

おすみは頭を冷やすつもりで、「舟に乗ろう」とおしゅんを連れて出てきた。

踏ん切りがつかず土手沿いの道をひたすら歩き、気づけば橋場の渡しまで来た。朝が早過ぎて、あいにく舟の姿がなかったから、山鳩の鳴き真似をしておしゅんをあやしていたのだった。

声をかけられ、何となくついてきたが、今になっておすみは億劫《おっくう》になってきた。周吉はまだ寝ているだろうか。起きて、おすみが留守にしていると気づけば、また怒るに違いない。昨夜もひどい剣幕だったから。

(何度言わせやがる。お前は本物の職人じゃやねえ)

諍《いさか》いのきっかけは、もはや思い出せない。

(ちょっと声をかけてもらったくれえで浮かれやがって。だから職人気取りだって言うんだ。女だから、ちやほやされてるだけなのにも気づかねえで、調子に乗りやがって。馬鹿が)

些末《さまつ》なきっかけを見つけては、周吉はおすみを責め立てる。理屈はどうでもいいのだと、もういい加減わかっている。何であろうと辛い。どんなに身構えていても、罵《ののし》られるたび胸が苦しくなる。

結局、周吉はおすみが職人に戻ったのが気に入らないのだと思う。おしゅんのためではない。おすみが親方に目をかけられ、職人として上に行きそうなのが怖いだけ。寄木細工はおもちゃみたいだ、なくても困らないだのと、ことさら下に見た物言いをするのも、おすみの気を挫《くじ》いて仕事を辞めさせるため。何のことはない。職人として己の腕に自信がないものだから、おすみを落として、自分を引き上げたい。それだけの話だ。

所帯を持ってすぐ、そういう男だと気づいた。

別れなかったのは、出ていく先がなかったからだ。親方に頼まれて仕事に戻るときも、周吉が難色を示すことはわかっていた。それを承知で仕事に戻った。

昨夜の諍いが後を引き、落ち込んでいる。お腹も空いていなかったが、おけいは返事を待つ顔で、こちらを見ている。

どうしたものか。せっかく訊かれたのに、興醒《きょうざ》めな返事をするのは申し訳ない。

「あの――、できれば冷や飯が」

炊いてもらった挙げ句、無駄にするよりましだ。

「梅雨が明けて急に暑くなったせいか、このところ温かいご飯が喉に通りにくくて。冷や飯なら入るんです」

おけいは目をしばたたいた。

「すみません、せっかく誘っていただいたのに、失礼ですね。貧しい育ちなもので――」

「おすみさんは控えめな方なのね」

感じのいい声で言い、おけいは目で笑みを作った。

「冷や飯もいいわね。この暑さですもの」

おそらく気を遣ってくれているのだ。誰だってご飯は炊き立てがいいに決まっている。自分はともかく、おしゅんに冷や飯では可哀想だ。せっかく飯屋のおかみさんたちがご飯を振る舞ってくれるというのに。自分ではなく、おしゅんの口に合わせてもらおう。

そう思って隣を見たら、目をつぶっていた。こちらへ寄りかかり、すうすう寝息を立てている。

「あちらの小上がりへ連れていきましょうか」

おけいの言葉に甘え、おしゅんを寝かせてもらうことにした。

小上がりは障子窓が開いており、いい風が入ってくる。おしゅんは畳に顔をつけ、気持ちよさそうに寝入っていた。

おけいと二人で戻ってきたら、お茶が出てきた。

「さ、どうぞ」

女将のおしげが供してくれた。おすみは茶碗を両手で包んだ。何のお茶だろう。麦湯や煎茶ではない。明るい亜麻《あま》色のお茶には薄切りにした生姜《しょうが》が一枚、ひらりと浮いている。

「——おいしい」

おそるおそる一口含み、おすみはつぶやいた。お茶は程よい加減で口当たりが優しく、ほんのりと甘い。それでいて生姜がぴりりと効き、口の中がさっぱりとする。こんなお茶は初めてだ。

「枇杷茶《びわちゃ》ですよ」

おしげが微笑んだ。

「爽やかなお味でしょう。食欲がないときでもすっと喉に通るから、この時期には特に合うの」

「本当ですね」

すっと喉を滑っていく感覚が心地いい。飲むと、ここのところ重かった胃《い》の腑《ふ》が軽くなる。しっかり味がついているのに香りは淡く、どこにも引っ掛かるところがない。

喉が渇いていたのだと、おすみはあらためて気づいた。そういえば今朝起きてから何も飲んでいない。横で寝ている周吉が目を覚まさないよう、足音を忍ばせて出てきた。

おしげが台所へ戻り、枇杷茶のお代わりを注いでくれた。

「今、おいくつ？」

「三つです」

おしゅんの歳を訊かれたものと思って答えると、

「あなたのことよ」

切れ長の目を細め、おしげが笑う。

「二十二です」

「そう、お若いのね」

「いえ」

おすみは一瞬、目を伏せた。

「若いといっても母親ですから」

「お嬢ちゃんは、おしゅんちゃんというんですって」

おけいがおしげに向かって言い、軽く頭を下げて台所へ向かった。朝ご飯の支度を始めるのだろう。

「昨夜、あまり眠れなかったの？　目が赤いわ」

「ああ――」

見破られ、おすみは笑みを作った。

「夏負けしたみたいなんです。でも、大したことはないんですよ」

目が赤いのは泣いたせいだ。昨夜、周吉と言い争いになり、ほとんど眠れなかった。瞼《まぶた》も腫《は》れぼったいはずだ。ひどい顔を晒しているのを恥じ、おすみは肩をすぼめた。決まり悪くなったせいか、汗ばんできた。おすみは袂《たもと》へ手を入れ、手拭《てぬぐ》いを出した。

指の先に触れた豆箱を何気なく出し、膝に載せる。

「あら素敵。寄木細工でしょう」

娘のおけいと同じく豆箱に目を留め、おしげが言う。

「わたしも昔たくさん持っていましたよ。そういう豆箱から大きいものまで。柄がどれも違うから、つい集めたくなるのよね」

おすみは豆箱を差し出した。

「嬉しい、見せてくださるの」

どうしてそんな気になったのか、自分でもわからない。周吉に詰《なじ》られたしこりが、胸に重く残っているせいかもしれなかった。おすみは初めて会う人に自分の作ったものを見てもらいたかった。

おしげは豆箱を掌に載せ、そっと目を近づけた。

「繊細な、いいお品だこと」

とっくり眺めて言う。

「柄が一つ一つ丁寧で、色合いも綺麗。どれも六角麻の葉なのにちっとも単調じゃないわ。色合わせの妙かしら。これは、おすみさんの物なの？」

「おしゅんにあげたんです」

手間を掛けて完成させたものの、注文が取り消しになり、自分で引き取ったのだ。注文が取り消されたのは、裏で周吉が糸を引いたせい。小遣いをやって兄弟子の伸太を抱き込み、できあがった品を隠した。ゆえに、おすみは約束の日に注文品を納められなかった。

それが周吉との諍いの理由だ。

何のことはない。口の軽い伸太は、ちょっとかまを掛けたら喜んで教えてくれた。おすみの足を引っ張っているのが、よりによって亭主の周吉だというのが可笑《おか》しいらしく、ぺらぺらと喋《しゃべ》った。

（いい亭主じゃねえか。それだけ女房の体をいたわってるんだぜ）

伸太はまるで悪びれなかった。むしろ、おすみのためだとでも言いたげに小鼻を膨らました。

「わたし、お腹に子がいるんです」

気づいたのは半月ほど前のこと。

豆箱の仕上げに掛かっていた頃だった。おすみは親方の家で軽い目眩を起こして、医者に運ばれた。そこで身籠《みご》もっているとわかった。親方の使いで伸太が呼びにいき、周吉が駆けつけてきた。

軽い過労だと医者には言われたが、その日は大事をとって早退《はやび》けさせてもらった。周吉の手前、そうせざるを得なかった。少し前に道で転んだことを思い出し、ひやりとしたのもある。

が、次の日からは仕事へ行った。あと数日で仕上がると見当がついており、それだけはやってしまいたかったのだ。その頃には、毎晩自分の作っている豆箱が夢に出てきていた。手で実物を作り上げるより先に、おすみの目には仕上がりが見えていた。

「おめでとう、でいいのかしら」

自分の胸の内を見透《す》かされ、おすみは下を向いた。

「世間から見れば、そうなんでしょうね」

ぽろりと本音がこぼれる。

「産むつもりではいなさるんでしょう」

「ええ」

そのことに迷いはない。子どもができたことは素直に嬉しい。おしゅんも妹か弟ができるとはしゃいでいるが、周吉と一緒に喜ぶ気にはなれない。

「ね、これはどうやって開けるの？」

おしげが豆箱を差し出してきた。

話の腰を折られ、おすみはぽかんとした。つまらない打ち明け話をしたせいだろう。初めて会った女に悩みを聞かされても、相槌に困る。

「仕掛けがしてあるんです」

おすみは豆箱を受けとり、横に向けた。真ん中辺りの淡黄の麻の葉柄のところを右へ引いて上蓋《うわぶた》を押し、反対側にひっくり返して、今度は褐色《かっしょく》の麻の葉を左へ引く。それからもう一度上蓋を押すと、蓋が開く。

「ま、すごい」

「腕のいい職人なら、もっと何重にもできますよ」

蓋を閉め、ふたたびおしげへ豆箱を差し出した。

「――難しいのね」

おすみの見よう見まねでやってみるものの、おしげはなかなか蓋を開けられなかった。首を傾げつつ豆箱をくるりと回しては、押したり引いたりしている。

「無茶をすると壊れそうだわ」

「平気ですよ」

「そう？」

おしげは五十代半ばくらいだろうか。楚々《そそ》とした美人が、真剣な面持ちで豆箱に向かっているのがおかしい。

「母さん、何をしてるの？」

台所からおけいが戻ってきた。盆に三人分のご飯茶碗と小皿を載せている。

「何でもありませんよ」

つんと顎を反らし、おしげが返す。

「ま、子どもみたい」

「そう言うなら、お前もやってみるといいわ」

おしげは目でおすみに断ってから、おけいに豆箱を差し出した。

「開けてごらんなさい」

謎を仕掛けるように言う。おけいは盆を長床几《ながしょうぎ》へ置くと、素直に豆箱を受けとり、ふっくらした掌に載せた。おしげは澄まし顔で見守っている。おけいはのんびり豆箱を眺めている。

「ほら、開いた」

やがて、おけいは白い歯を見せた。

「母さんには開けられなかったんでしょう。せっかちだから。これはね、焦っちゃいけないの。少しずつ押したり引いたり、あれこれ試すのが楽しいのよ」

ふふ、と笑って豆箱をおすみに返す。

そういえば、娘時分に似たような箱を持っていたと、おけいは話していた。

「あなた、職人さんなのね」

おしげの言葉に、おすみはかぶりを振った。

「違うの？　でも、この豆箱を作ったのはあなたよね」

「そうですけど。もう仕事は辞めます。二人目ができたので」

親方には暇をもらうつもりだ。

お客との約束を守れないようでは、職人失格。腕の良し悪し以前の話だ。周吉の差し金でも、つけ入れられたのはおすみの不覚。嫌がらせをされる隙《すき》を見せたのが甘かった。

「勿体《もったい》ないわ。せっかくこれだけの腕があるのに」

「わたしくらい作れる職人はどこにでもいますよ」

「ご謙遜《けんそん》でしょう」

「いいんです、辞めたほうが楽になりますから。亭主は働き者ですし、わたしは家にいても大丈夫なんです。お腹の子のためにもそうしたほうがいいんです。母親の代わりはいないですもん」

「ご亭主がそう仰《おつしや》ったのね」

「……赤ん坊には母親がついていないと——。おしゅんもまだ小さいですし」

青筋を立てて怒る周吉の顔がよぎり、胸が冷たくなった。

周吉と夫婦でいる限り、職人を続けるのは無理だ。

見初《みそ》められたときは嬉しかった。親方も祝福してくれて、子も産んで、これでもう安泰だと思っていたのに。

「おすみさん」

ふと肩にやわらかな手が置かれた。

「母親だけじゃないのよ。あなたにも代わりはいないの」

目を上げると、おしげが顔を見つめていた。

「そんな悲しい顔をして、辞めたほうが楽だなんて——。自分につく嘘はそのまま自分に返ってくるのよ」

おすみは掌で顔をこすった。

そうかもしれない。

しかし慰めてもらっても、どうにもならない。いくら器の小さい卑怯《ひきょう》な男でも、周吉はおすみの亭主で、おしゅんとお腹の子の父親。おすみさえ辛抱すれば、波風を立てずに暮らしていける。

「さ、召し上がってくださいな。お腹が空っぽだと、気持ちも鬱々《うつうつ》としますから」

おけいがおすみの気を引き立てるように、明るい声を出した。盆を手に近づいてくる。

「それはお前の話でしょう。食いしん坊ねえ」

おしげが苦笑すると、おけいは顔を赤らめた。

母親にからかわれて恥ずかしいのだろう。

「わたしだけじゃありませんよ。ね？」

ご飯茶碗と漬け物を供しつつ、目顔でおすみに同意を求めてくる。

「お前だけですよ。ねえ、おすみさん？」

返事に困って首を傾げると、おしげとおけいは二人揃って鈴を転がすような声で笑った。

その声で目を覚ましたのか、小上がりからおしゅんが出てきた。寝惚け眼でやってきて、おすみの膝にしがみつく。

「ちょうどよかった。みんなでいただきましょう」

おけいがおしゅんの前にご飯茶碗と汁椀を差し出した。

冷や飯の上に細く切った蒲鉾《かまぼこ》と紫蘇《しそ》が載せられ、刻み海苔《のり》がちらしてあり、薄くのばしたとろろ汁がかけてある。あとは漬け物と豆腐の味噌汁。暑い朝にふさわしい、さっぱりとしたご飯だ。

「わあ、おいしそう」

おしゅんは手を叩いてはしゃいだ。

「あり合わせですけど」

おしげはそう言うが、飯屋だけに冷や飯といっても工夫がある。

「いただきます」

声を合わせて言い、それぞれが箸をとった。

寝不足で重い胃にも優しい味だつた。紫蘇が効いているのもありがたい。蒲鉾は淡泊だが歯応えがよく、軽く火で炙《あぶ》ったらしい海苔は香ばしい。ほんのり鰹節《かつおぶし》の香りがするとろろ汁はちょうどいい塩梅《あんばい》で、さらさらと喉に通る。

「おはようさん。あれ——、今日はいやに早いな」

店の戸が開き、小柄な老人が入ってきた。還暦間近とおぼしき色の黒いお爺さんである。物慣れた足取りで歩いてきて、おしげとおけいの後ろに立ち、茶碗の中を覗く。

「何でえ。せっかく可愛いお客さんがいるってえのに、そんな質素なもの食って。ちっと待ってくれれば、俺が作ってやったのによ」

老人は呆れ顔をした。

「おいおい、飯も炊いてねえのか」

口を尖らせつつ、笑っている。賑《にぎ》やかな老人だ。あらわれた途端、店の中に陽が射したようだ。

「うるさくてごめんなさいね。うちの板場を任せている平助《へいすけ》です。こんなお爺さんだけど腕はいいのよ」

「お嬢ちゃん、卵でも焼いてやろうか」

平助がおしゅんに話しかけた。

「本当?」

「おうよ。甘いのとしょっぱいのと、どっちがいい」

「甘いの」

「よし、わかった」

気軽な調子で請け合い、平助が厨《くりや》へ向かった。おしゅんがもじもじと体を寄せてきた。玉子焼きを作ってもらえるのが嬉しいのだ。

ふと、昔を思い出した。

親方が親戚の家までおすみを訪ねてきた日のことだ。夏の初めの暑い日だった。ぽつんと裏庭で山鳩の口真似をしていたおすみの前にしゃがみ、笑いかけてきた。あのときの親方も平助みたいに日向の匂いをさせていたのを憶えている。

ずっと一人だった。おすみは居候《いそうろう》で、親戚の厄介者《やっかいもの》だった。

あのとき、おすみはようやく迎えに来てくれたと思ったのだ。親方は死んだ父親の幼馴染みというだけで、顔を知っているくらいだったのに。なぜだろう。子ども心にも一目でこの人は信用できるとわかった。あの頃、山鳩くらいしか遊び相手のいなかったおすみに、親方が居場所をくれたのだ。

おすみは自分の作った豆箱を見た。

四方二寸の小さな宝物。お客さんの手に渡れば喜んでもらえたと思う。職人として、そういう感触があった。出来には自分でも納得している。が、この気持ちは周吉には伝わらない。仕事に戻ってから今日まで、嫌というほど思い知らされた。

周吉は夫だが、味方ではない。むしろ敵だ。始終見張られているようで、何か口にするたび、どんな相槌が返ってくるかと怯《おび》えてしまう。周吉との暮らしは、ささくれた畳の上を無理に歩かされるようなもの。毎日少しずつ、見えない生傷が増え、ゆっくり心が死んでいくのがわかる。周吉といる限り、そういう日々が続く。

家を出よう――。

胸でつぶやいて初めて、ずっとそうしたかったのだと悟った。

子ども時代のおすみは寄木細工に出会い、息を吹き返したようなもの。厄介者だと身を縮めて生きていた自分が、顔を上げられるようになった。それくらい、おすみにとって寄木細工は大事なものなのに。

周吉は、おすみの仕事の足を引っ張ったことを謝らなかった。堂々と開き直り、いつまでも辞めないから強引な手に出たのだと、己を正当化した。

そんな亭主はいらない。欄間職人がどれだけ偉いか知らないが、寄木細工を馬鹿にされる覚えはない。

おしゅんを連れて『しん』を出たその足で、おすみは土手沿いの道を歩いた。汗をかきながらゆったりと進み、水音に誘われるように川を見た。波の上で踊る朝日が眩しい。

去り状がほしいと言ったら、きっと周吉は慌てる。額に青筋を立て、大きな声を上げるかもしれない。それでもおすみが引かなければ、おしゅんは渡さないと脅しを口にするだろう。

周吉は卑怯な男だが、お腹の大きい女に手は上げまい。叫べばおそらく隣家の女房も出てきてくれる。

「あ、スイスイ」

おしゅんが飛び跳ね、おすみの手を引っ張った。あの背の高い船頭が舟を漕いでいる。

まさか、また会えるとは思わなかった。おしゅんは手を振ったが、船頭は気づかなかった。笠を目深《まぶか》にかぶったまま、向こう岸へ進んでいく。

「行っちゃった」

残念そうにおしゅんが言う。

「また会えるかな」

「そうだといいわね」

できれば、この子を連れていきたいけれど。

無理だろうか。周吉は意地でも手放すまいとするはずだ。泥仕合になるのが目に浮かぶ。朝から晩まで周吉に責められ、それこそ針のむしろに座らせられるに違いない。それでも出ていく。

苦労は多いだろうが、一歩ずつ進んでいけばいい。

少しずつ、押したり引いたり、確かめながら。地道な作業の積み重ねで作る寄木細工と同じ、途中で投げ出さなければ、いずれ自分の形が見えてくるはずだ。

おすみは暗い顔をした子どもだった。

けれど、十二で寄木細工を始めてからは変わった。自分にもやれることがあると知って、自信がついた。

自分の手で木を削り、細い板を重ねて組子を作り、段々箱になっていくのが面白い。手間が掛かっても、そのうち形になると思えば、いくらでも頑張れる。

職人同士でなければ、周吉ともうまくやれたかもしれない。おすみだって一人になるのは怖い。惨《みじ》めな思いをすることもあるだろう。

頼れる身内のない心細さは十分知っている。

けれど、子どもの頃とは違う。おすみはもう自分の足で歩ける。

去り状をもらったら、親方の家に行こう。

暇をもらうのは止した。もう一度頭を下げて、置いてもらう。

おかみさんの渋い顔や仲太の仏頂面《ぶっちょうづら》が目に浮かぶが平気だ。女が一人で生きていこうと思えば、面の皮を厚くしなければならない。厭味を言われるのにも慣れることだ。

梅雨の終わりにこの道で転んだときも、お腹の子は無事だった。そう考えると、自分も満更《まんざら》運が悪いだけではないのだと、おすみは思った。この先も生きていれば、楽しいことがありそうだ。

家が近づいても、今日は足が重くならなかった。

一日は始まったばかりだ。

第二話　形見

一

朝餉をすませた後、おけいは湯を沸かした。

いつもの癖で番茶の入った茶筒を手に取りかけたものの、思い直して麦湯にする。今日もよく晴れて暑い日になりそうだ。梅雨も明け、本格的に暑くなってきたから、昨日市場で買ってきた。

沸騰《ふっとう》した湯で大麦を煮出し、茶碗を用意していると、おしげが小皿に梅酢らっきょうを載せて差し出してきた。

「どう？」

おけいは箸でつまみ、口へ入れた。嚙《か》むと、こりっと軽い音がする。

「うん。いい塩梅」

おけいは言った。らっきょうの辛味と、梅酢の酸っぱさが程よくなじんでいる。歯応えもいい。口の中のものを飲み込むと、おけいはおしげを見た。

「何です、その顔」

「もう少し食べたいわ」

梅酢らっきょうは後を引くのである。

「駄目よ。これはお店で出すんですから」

「あと一つだけ」

「そう言って、お前は次々食べちゃうでしょ」

おしげに止められ、おけいは口を尖らせた。

わかってはいるけれど、つい箸が伸びるのは仕方ない。梅酢らっきょうを漬けたのは平助だ。おいしいに決まっている。これならどんな暑い日にも喉を通り、お茶受けにぴったり。ここへ越してくるまで食べたことがなかったのは、我ながら惜しいとすら思う。

少し前にそう打ち明けたら、平助に失笑された。

梅酢らっきょうでそんなに喜ぶのはおけいくらいなもの。さすが薹《とう》は立ってもお扱いする。

嬢さんだとからかわれ、赤面させられた。平助は何かと言うと、おけいを物知らず

もっとも、梅干しは前から好物である。日本橋の生家で暮らしていた頃も食べていた。亡き父が好きで、わざわざ紀州《きしゅう》から取り寄せていたのだ。

木の樽《たる》に入っている梅干しは実も大きくしっかりとした味で、粒も揃っている。けれど残念ながら、梅酢はついていない。

自分で梅干しを漬けるようになって初めて、おけいは梅酢の存在を知り、その味に目覚めた。以来、すっかり夢中である。

今年も梅干しの時季がきた。

花が終わった頃から、おけいは近所の梅の木が実をつけるのを心待ちにしていた。背丈の低い木なら、手を伸ばせば実に届く。

梅雨入り前、おけいはおしげとせっせと黄色く熟した実をもぎ、きれいに洗ってから竹串でへたを取った。

焼酎をまぶしてから塩漬けにして重石《おもし》をのせ、三日もすると梅酢が上がってくる。

そこへよく洗って乾かした紫蘇を加え、じっくり漬かるのを待つ。

梅干し作りを始めたのは、橋場の渡しへ越してきた翌年のこと。辺りを歩いてい

るときに、近所で茣蓙《ござ》に梅の実を干しているのを見かけ、作り方を教わって始めた。以来、毎年挑戦している。

これがなかなか難しい。最初の年は塩加減にしくじり、梅を黴《か》びさせた。梅酢も濁って泡が立ち、使えなかった。ちゃんと漬けられるようになったのは、ここ三、四年だ。

紀州のものと違って不揃いで、粒も小さいけれど、家の味である。たくさん漬ければ一年中食べられるし、梅酢も使える。

下味をつけるときに出る梅酢を、捨てたら勿体ないと教えてくれたのは、むろん平助である。漬け物にするのにうってつけだという。らっきょうはもちろん胡瓜《きゆうり》や茗荷《みようが》もいい。おしげは薄切りの生姜、おけいは干し大根の梅酢漬けが気に入っているし、白和《しらあ》えや麺つゆにも混ぜると夏らしい味が出せる。

母娘《おやこ》揃って暑さに弱く夏負けしやすいたちだから、梅酢は重宝《ちようほう》だ。これがあれば、どんなに食欲がない日でも、さっぱりとご飯が食べられる。

梅雨から始めて、仕上げの土用《どよう》干しまでひと月とちょっと。手は掛かるが、のんびり屋のおけいには梅干し作りが向いているようだ。臍《へそ》のごまみたいな可愛いへたを取るのも、丸い実を樽に行儀よく並べて塩を振り、重石を載せて梅酢が上がってくるのを待つのも楽しい。

枝からもいだときは、ふっくらしていた実が塩に漬かり、お天道様《てんとう》に晒すと皺が寄り、しみじみといい味になる。

羨《うらや》ましいわねえ――。

梅仕事をしていると、おけいは思う。皺が寄っておいしくなるなんて、人も同じかしらと考えたら、平助の顔が浮かんだ。

年中真っ黒で皺だらけの顔は、さしずめ梅なら古漬けといったところ。なるほど皺はあるが、確かにいい味を出している。

「なに笑ってるんだい」

声を掛けられ、振り向いたら平助がいた。

まさに噂をすれば影。平助は汗止めの豆絞りを首にかけ、魚の入った手桶を提《さ》げていた。

「面白いことがあったんなら、俺にも教えてくれよ」

おけいは目を泳がせた。梅干しと平助を結びつけて考えていたところへ、折良く当人があらわれるとは。

「大したことじゃないのよ」

「何でえ、勿体つけて」

「嫌ね。そんなんじゃないわ」

まさか本当のことは言えない。おけいは口をすぼめた。

「これを食べてみて」

そこへおしげが割って入り、小皿を差し出した。今度はらっきょうではなく、薄切りの生姜だ。

平助は指でつまみ、口へ放り込んだ。

「まだちっと早えな」

もぐもぐやりながら言う。

「そう？」

「あと一日か二日経つと、もっとうまくなるぜ」

「本当ね。まだ少し味が淡いわ」

おしげは自分もつまんで言った。

「だろ？　梅干しもそうだが、長く漬けたほうが味は出るんだよ。ま、人と同じだ。若い娘は顔がつるりとして綺麗だが、ちっと皺の出てきた年増《としま》のほうが面白《おもしれ》えじゃねえか」

やはり皆、似たようなことを考えると、おけいはおかしくなった。

が、おしげは喩《たと》えが気に入らないらしい。

「嫌なことを言うわね」

横目で平助を睨《にら》んだ。

「ん？」

しかし平助は慌てない。

「どうして怒るんだい」

「怒っちゃいませんよ。この歳だもの、皺ができてもしょうがないわ。面白がって
いただけて何より」

「おや。いくつになったね」

平助がとぼけると、おしげは澄まし顔で答えた。

「五十ですよ」

「ほーう」

まるで初耳だと言わんばかりに目を丸くする。

「何か文句でも？」

相変わらず、この二人は仲がいい。

歳を訊かれるたび鯖《さば》を読むおしげに付き合い、構ってやるのだから。同じことをおけいが言えば機嫌を悪くするだろうに、平助には放言を許している。

さすが年の功だと思う。

それとも、若い頃からこんなふうだったのだろうか。

まだ皺の寄る前、真っ黒でつるりとした顔だった頃の平助を思い浮かべてみる。もちろん誰しも若かりしときがある。そう思うのに、つい笑ってしまう。頭に浮かんでくるのは、妙に老成した顔の長い若者だ。昔から口が達者で、周りを和《なご》ませていたのだろうと、おけいは思っている。

平助は、『しん』から歩いてすぐの古びたしもた屋に住んでいる。かつて職人の家だったという小体《こてい》な家で、やもめ暮らしをしているのだ。家はこの店と同じで古いが、平助はまめに手入れしているから清潔である。猫の額ほどの庭もついていて、なかなか日当たりもいい。

部屋は四畳半二つに台所。

朝は夜明けと同時に起き出し、魚河岸《うおがし》へ行って仕入れをしてから『しん』に来る。近所の行商から青物を買ってくることも多い。

おけいとおしげが朝餉を食べる頃にやってきて、ときには一緒に膳を囲む。それから厨へ入り、仕入れた魚と青物でその日の献立を決める。

平助はどこで料理を覚えたのだろう。

腕がいいのはよく知っているが、修業していた店の名を訊いたことはない。『しん』を始めてからずっと板場を任せてきた。魚河岸で働いていたことがあるとは当人も言っていたが、どこで料理を覚えたのか。橋場の渡しへ来るまで、どんな暮らしをしていたのか。

毎日顔を合わせているのに、実は何も知らない。

二

酒問屋『岩井屋《いわい》』の隠居、彦兵衛《ひこべえ》は自分の鼾で目を覚ました。

朝起きると、まずは床の中で足首を動かしてみる。

うむ――。

少々痛むが仕方ない。寝ている間に固まったのをほぐしてやらないと、起きた途端に足が攣《つ》って、引っ繰り返ることになる。

五十になるまでは丈夫で、ろくに風邪も引いたことがなかったが、近頃は節々が硬くなった。これが歳を取るということかと、毎朝目を開けるたびに思う。医者に訴えても仕方ないと言うばかりで、ろくに薬もくれない。誰しも歳をとれば、体がこわばるのだから、折り合っていくほかないそうだ。

「藪《やぶ》医者め」

口に出して言い、彦兵衛は床から出た。

まったく忌々《いまいま》しい限りだ。仮にも医者と名乗るなら、どうにか治そうとするものだ。年寄りだと思って馬鹿にして。折り合えるものならしている。それができれば医者になど通うものか。

彦兵衛は寝間着を脱ぎ、衣桁《いこう》に掛けておいた小千谷縮《おぢやちぢみ》を手に取った。誰に見せるわけでもないが、今もきちんと着替えをする。

身支度をととのえてから雨戸を押しにかかった。

立付けが悪いのか、ちょっと押しただけではびくともしない。彦兵衛は両足を踏ん張り、体重をかけた。

「………」

やはり駄目か。どうも、この雨戸とは相性が悪い。

直してほしくて近所の大工に見てもらったときには、すんなり開いたのである。

こんなことで人を呼びつけたのかと、大工に小馬鹿にしたような顔をされたことを思い出し、彦兵衛は舌打ちした。

雨戸の向こうでは雀《すずめ》どもが呑気《のんき》に鳴いている。たわむれに彦兵衛が米粒を撒《ま》いてやることがあるから、今日も餌を当てにして集まってきたのだろう。ちゅんちゅん、催促がましい声を上げている。

「待て、待て」

声を張って雀を励ますが、雨戸は開かない。あとで女中が来るのだから放っておいても良さそうなものだが、雀に急かされ、ついむきになった。

ようやく雨戸を開けたときには、汗をかいていた。やれやれ、と肩で息をつき、縁側を下りて庭下駄を履《は》いた。

待ちくたびれたのか、雀はもういなくなっていた。

薄情な奴らだ。餌をもらった恩を忘れおって。彦兵衛は舌打ちをして、白々と明るい庭を睨んだ。

空は忌々《いまいま》しいほど晴れている。出かける用事のない年寄りにとっては、むやみに眩しい日射しは鬱陶《うっとう》しいだけ。夏などさっさと終わってしまえと、彦兵衛は思った。こう暑くては敵《かな》わない。

花見の時季にも同じことを思った。桜など、さっさと散ってしまえ。わらわらと田舎者がやって来て、邪魔くさくてしょうがないと、川沿いを賑わす桜並木に白い目を向けたものだ。

思えば、梅雨は静かでよかった。何ならずっと雨降りでもいいくらいだ。

彦兵衛は生あくびをした。昨夜も寝苦しかったせいか、頭の芯がぼんやりしている。どうも隠居してから眠りが浅くなった。体がくたびれないからか、なかなか寝付けず、やっと眠ったと思うと、すぐに目が覚めて困るのだが、これもあの藪医者に言わせれば仕方のないことなのかもしれない。

彦兵衛は首を掻いた。気に入りの小千谷縮は女中の洗い方がまずいせいで、毛羽《けば》立《だ》ってチクチクする。

女中はおりゅうという名の三十過ぎの女である。若い頃は芸者をしていたと言っていたが、それにしては体つきが貧相で、手の甲には早くも筋が浮いている。

いったいどういう了見で、あの女を寄こしたのか。

口入《くちい》れ屋によると出戻りなのだという。まだ小さい子どもを抱え、苦労しているとか。そのせいか、おりゅうはときおり彦兵衛を妙な目で見る。

もしや後釜《あとがま》を狙っているのか。いけ図々しい。自分の面相を鏡で映してみろと、彦兵衛は言いたかった。還暦間近の年寄りだと舐《な》めているのだろうが、とんでもない。今だってその気になれば、もっと若い女を妾《めかけ》にできるのだ。

それにしても遅い――。

朝餉の時刻というのに、おりゅうは何をしているのか。

雀ではないが、彦兵衛も腹が空いていた。さっさと来て飯を炊いてほしかった。喉も渇いているから茶も飲みたいし、その前に床を上げてもらいたい。庭の雑草も伸びている。

庭下駄を履いたまま、垣根越しに顔を出した。おりゅうが来たら仏頂面を突きつけてやるつもりなのだが、ちっともあらわれない。どうせ途中で行商と立ち話でもしているのだろう。前に来るのが遅れたとき、そんな言い訳をしていたことがある。

しばらく待ってみたが、埒《らち》が明かなかった。

こうなったら、あの藪医者にでも行くか。

足首を揉んでもらい、ついでに愚痴を聞かせてやれ。どうせいつ行っても空いていて、暇にしているのだから。

そうと決めると、すぐに出かけたくなった。陽が高くなってからでは堪らない。

近頃は汗をかくだけで疲れるのだ。彦兵衛は懐《ふところ》に財布を入れ、家を出た。

幸いまだ朝のうちで、空気は清々《すがすが》しかった。行き交う人も少ない。

もとより向島《むこうじま》は、かつて暮らしていた駿河町《するがちょう》と比べて静かである。そこが気に入って越してきたのだ。

道を歩いているのも、彦兵衛と同じような年配者が目につく。身なりのいい者が多いのは、向島がそういう町だからだろう。

いかにも風流だといわんばかりに川が流れ、土手沿いには誂《あつら》えたような桜並木がある。気取った町にふさわしく、近所にはいくつか妾宅《しょうたく》らしき家があり、綺麗な女を住まわせている。おりゅうもそうした女の仲間に入りたいのだろう。

まあ、無理な話だが――。

彦兵衛は鼻で笑った。おりゅうは満足に着物の扱い方も知らない女である。小千谷縮をまるで浴衣《ゆかた》さながら力任せに洗濯板へこすりつけ、せっかくのシボを駄目にしてしまった。立ち居振る舞いも粗雑で、とても妾などつとまるまい。あれでよく前は芸者だったとのたまえるものだ。

そんなことを思いながら歩いていると、風が湿ってきた。

おや――。

ひょっとして、ひと雨くるのか。

だとしても、まだ半刻は後だろう。空はよく晴れており、足下に延びる影も濃い。そう楽観していたのに、医者へつく前に降り出した。雨は大粒で、たちまち地面を濡らす。彦兵衛は額の前に手を広げ、雨宿りする場を求めて、おたおたと小走りになった。

橋場の渡しへ差しかかったところで、飯屋を見つけた。

『しん』

古ぼけた、ちっぽけな店だ。くすんだ壁に掛かった、白木の看板が何とも侘《わび》しい。渡し舟に乗る旅客相手の一膳飯屋だろう。

彦兵衛は鼻の頭に皺を寄せた。いつもなら通り過ぎるだけの飯屋だが、他にめぼしい店は見当たらない。仕方ない。こうしている間にも大粒の雨にやられ、着物が体に張りつく。

雨宿りをするだけだと、彦兵衛は『しん』の暖簾《のれん》をくぐった。

「いらっしゃいませ」

敷居をまたぐと、すぐ傍にいた女がこちらを見た。

ほう――。

三十半ばくらいか。おりゅうよりいくつか年嵩に見える。肌つやがよく、こんな場末の飯屋で働いているにしては、意外なほど器量よしだ。

「まあ、大変。濡れていらっしゃいますよ」

女は胸の前で盆を抱え、心配そうな声を出した。

「雨が降ってきたんですね。さあ、どうぞ。こちらへ腰かけてくださいな。今、拭くものをお持ちします」

感じのいい口振りで言い、女は厨へ向かった。

彦兵衛は正面の長床几《ながしょうぎ》に腰を下ろした。早い時刻だからか、店は空いていた。左にある長床几で、草鞋《わらじ》履きの男が飯を食べているきりである。それとも、普段から客が入らないのか。

男が猫背で丼飯をかき込んでいるのを見て、彦兵衛は横を向いた。やはりこの手の客が入る飯屋なのかと、うんざりする。

厨から戻ってきた女が乾いた手拭いを差し出した。

「ふむ」

慇懃《いんぎん》に顎を引き、彦兵衛は手拭いを見分した。安物だが真新しい。台拭きをそのまま持ってきたのではなさそうだ。おりゅうに渡された手拭いだと、使う前に匂いを嗅ぐところなのだが。

ふたたび厨へ行った女が、盆に茶を載せてきた。

「もしかして、汚れていましたか？」

彦兵衛が手拭いを使わないのを気にしたらしい。

「いや」

かぶりを振ると、女は安堵した面持ちになった。

「しかし、これは新しい手拭いでしょうに」

「はい。水通しはしてありますので、ちゃんと雨を吸うと思いますよ」

そういうことではない。

「いいんですか？　あたしが下ろしてしまって」

「ええ、もちろん」

女は笑顔でうなずいた。丸い頬にくっきりと笑窪が浮かぶ。こんな一膳飯屋では手拭い一枚でも貴重だろうと思ったのだが、そう言うならと、彦兵衛は遠慮なく手拭いを使った。

「足りないようなら、もっと持ってきますから仰ってくださいね。小千谷縮は濡れると大変ですものね」

ほほう、と思った。

この女は小千谷縮を知っているのか。自分は木綿を着ているのに、意外なことを言う。

彦兵衛は出された茶を飲んだ。

「麦湯ですな」

「今日から出しているんですよ。お口に合いますか」

「ええ」

世辞ではなかった。麦湯は程よい熱さで香ばしかった。大麦をけちらず、たっぷり使って淹れてあるのだろう。

「何を召し上がりますか」

「そうですな」

壁に貼られた献立を見ながら、彦兵衛はつぶやいた。

「何ができます？」

問い返し、女を見る。

「うちは魚がおいしいですよ。お刺身なら――」

「刺身は結構」

ちゃんとした料亭ならともかく、こんな一膳飯屋で出す生の魚は口にしたくない。

それでなくとも、この暑さで胃の腑《ふ》が弱っている。下手《へた》なものを食せば腹を壊してしまう。

「でしたら、鮎《あゆ》の塩焼きはいかがですか」

「川魚は苦手なんですよ、泥臭くてね」

彦兵衛は顔をしかめた。本当は食べないこともないが、そう言っておく。むしろ鯉《こい》などは好物なのだが、やはりそれもきちんとした料理屋で出されるものに限っての話。川魚は臭いがあるから、その始末が難しい。家でもおりゅうには川魚を出さないよう申しつけている。

「ご飯と味噌汁で結構ですよ」

だからといって、この店の女を困らせるつもりはない。彦兵衛は愛想笑いを浮かべて言った。

「あとは漬け物でもあれば」

「はい」

女は柔らかい笑みを返し、さらに訊いてきた。

「では、ご飯を炊きますね。お好みをお聞かせいただけますか」

「え？」

「柔らかいのと硬いの、どちらがお好きですか」

「もしかして、今から炊くんですか」

おかしなことを言うね――。

彦兵衛は眉間《みけん》に皺を寄せた。仮にも飯屋の看板を掲げておきながら、飯を炊いていないとは。いったい、どういうつもりかと女の顔をじろじろ見た。

「うちはお客さんに合わせて炊くんです」

艶《つや》やかな声がして、別の女が出てきた。

「すみません、うちの娘は話下手なもので。――おけい、そちらのお客さんがお帰りになりますよ」

出てきたのは女の母親だった。娘が三十半ばなのだから、おそらく彦兵衛と同年配だろうが、目を惹くほど美しい。

「この店の女将のしげと申します」

娘のおけいに丼飯を食べていた客の勘定を任せ、代わりに自分が相手をするつもりなのだろう。おしげは彦兵衛の前に立った。

「お客に合わせて、飯を炊くって？」

「ええ、そうなんです」

「面倒でしょうに」

彦兵衛が腕組みをすると、おしげは心得たように返してきた。

「いいんですよ。せっかく立ち寄ってくださったお客さんには、おいしいご飯を召し上がっていただきたいんです」

「ふうん。優雅な商いをなさっているんですな」

眉に唾《つば》をつける思いで言った。いちいちお客の好みに合わせて一から米を炊いていては、手間暇が掛かってしょうがない。そんなことで商売をやっていけるのか。

さては、ここも妾宅か――。

そういうことなら腑に落ちる。

若女将のおけいも女将のおしげも、こんな飯屋にいるのが不思議なほど美しい。しかし、二人のうちのいずれかの旦那が、道楽で店をやらせているとすればうなずける。

彦兵衛はおしげを見た。娘同様、地味な木綿の着物で紅も差していないが、それが却って品良く映る。

昔から、彦兵衛はこの手の女に弱かった。

「わたしの顔に何かついていますか？」

亡くなった女房のよしのがそうだ。

「ご飯の炊き方は如何《いかが》なさいます？」

「うん。それなんだけどね」

苦笑いしながら彦兵衛は言った。

「そんなことをお客に訊くのはどうかと思うよ。ここは飯屋。ご飯を炊くのはそちらの仕事でしょうに」

米は生きものだと、酒問屋の主だった彦兵衛は思っている。

季節や気温によって水加減を変えてやらないと、せっかくのいい米を活かせない。いくら道楽でやっているとしても、お客から金を取るのなら、どう炊けばいいか、人に下駄を預けるなど言語道断《ごんごどうだん》。やはり、この女将は素人《しろうと》だ。

「では、手前どもにお任せいただけますか」

おしげは愛想のいい笑みを浮かべた。

「そうしてもらいたいね」

「かしこまりました」

目礼して踵を返し、厨へ向かう。背筋が伸び、きりりとした後ろ姿に、彦兵衛は見とれた。おしげは顔も綺麗だが、何より姿勢がいい。そこもまた女房よしのと重なり、つい突っかかりたくなる。

急な雨のおかげで、面白い店を見つけた。

どんな旦那がついているのか探りを入れてみようかと、彦兵衛は思った。

三

「ほんの一口ですけれど」

おしげが小皿を差し出した。

「らっきょうかい」

いい色に染まったのが二つ。小皿は趣味のいい美濃《みの》焼である。ご飯が炊けるまでの間、これで口をふさいでおけというのだろう。一膳飯屋とは、家で食べるような漬け物を出してくるのかと思ったが、ためしにつまんでみた。

「――うん」

悪くない。

酸味が程よく爽やかで、らっきょうの辛味もちょうどいい。こりこりと鳴るのを耳で楽しみつつ、ほのかな梅の香りを堪能した。これはおしげが漬けたのだろうか。

だとすればなかなか。何ならおりゅうの代わりに女中で雇いたいくらいだ。

「朝のうちだけれど、一杯やりたくなるね」

彦兵衛は猪口《ちょこ》を持つ仕草をした。

このらっきょうには、きりっと辛い酒が合いそうだ。家には切り子硝子《ガラス》の猪口がある。一人で飲むのも味気なく、越してきてからというものしまいっぱなしだが、久々に出してみたくなった。

「あいにく、うちはお酒を出していないのですよ」

おしげに言われ、彦兵衛は顔の前で手を振った。

「いやだね、本気にしないでくれよ。冗談に決まってるだろ」

一膳飯屋にそんな期待はしない。が、おしげの白い手に切り子硝子の猪口を持たせてみたい気はする。

女房のよしのは酒が飲めなかった。

所帯を持つ前はそこが初々《ういうい》しくて可愛いと思っていたが、夫婦となったら物足りなくなった。もとより口が重く、座持ちの悪い女でもあり、その上に下戸《げこ》ではこの先、酒問屋の女将がつとまるかと心配にもなった。

本人も内心それを引け目に思っていたのだろう。嫁に入って以降、さらに口数が少なくなった。愚痴も言わず、彦兵衛の命には何でも従う。扱いは楽だが、その反面どこか腹の底が見えない感じもした。

二人の間には子ができなかった。五年待ち、三十路《みそじ》を迎えたのを潮《しお》に、彦兵衛は外に女を作った。仕方ない。商家には跡取りが要《い》る。それはよしのも承知していたはずだ。

結局、その女にも子ができなかったから、彦兵衛は養子をとった。それが跡取り息子の太一郎《たいちろう》である。

よしのはいい母親だった。太一郎を間に挟み、夫婦仲は深まったと彦兵衛は思っていた。家は安泰で商売も順調。彦兵衛の暮らしはぬる燗《かん》に浸かったようなものだった。

まさか、そのよしのが家出するとは。

しかも五十を過ぎてからである。おとなしい顔をして大胆なことをしでかしたものだ。おかげで彦兵衛は大恥を掻かされた。嫁を娶《めと》った太一郎もまいった様子で、いっときは荒れて、彦兵衛に楯突《たてつ》いたものだ。

二つ目のらっきょうを口に入れた。

当時のことを思い出したせいか、さっきより辛く感じる。よしのと離縁したのを機に彦兵衛は隠居した。奉公人たちの手前、そうやって家出騒ぎの幕引きを計った。まったく、ろくでもない女房だった。あいつのせいで家は大変だったのだ。

彦兵衛は麦湯を飲んだ。ぼんやりしていたせいか、おかしなところに入り、うっかり噎《む》せてしまった。

「大丈夫ですか」

おしげが心配顔で言う。彦兵衛は横を向いた。おけいに借りた手拭いで、口の端をぬぐう。こんなところを人に見られてみっともない。

「すみませんね、汚いところをお見せして」

「そんなこと、ちっとも」

おしげは鷹揚にかぶりを振った。

「わたしもお茶をいただくときは、常々用心しております」

「まだそんなお歳ではないでしょうに」

「そんな歳ですとも」

さばさばと返し、おしげは彦兵衛に笑いかけた。

「厨を任せている者も同年配でしてね、よく言われるんです。いくら顔が若くても、体の中は正直に歳をとっているんだから、せいぜい気をつけろ、って。見え透いた世辞《せじ》まで使って諫《いさ》めますの」

美しいが、気取らない女だと彦兵衛は思った。それでいて立ち居振る舞いに品があるから、くだけ過ぎることもない。

一見したところ素人くさい女将だが、実にいいあしらいだと見直した。

また、よしのを思い出す。

同じ女将でも大違いだ。やれやれ。こんな一膳飯屋風情の女将に負けるとは情けない。

つくづく駄目な女房だった。

口下手でおとなしく、人前に出るのも苦手。仲間の宴席に夫婦で呼ばれても、話すのは彦兵衛ばかりで、よしのは隣で静かに微笑んでいるだけ。話を振られても当《とう》意即妙《いそくみょう》な返事ができず、場を白けさせるのが常のこと。彦兵衛はそれがもどかしく、少しは同業の女房を見習い、如才《じょさい》ない振る舞いを身につけるよう窘めたこともあったが、甲斐《かい》はなかった。

端から、夫婦になるべき相手を間違えたということだ。

それがわかっていれば、嫁にはしなかったのに。商家になど嫁がず、職人の女房にでもなって、亭主と子どもに尽くす暮らしのほうが、あの手の女には楽だったのではないかと思う。

「さっきの話ですがね」

と、彦兵衛は切り出した。

今さらながら食べたいものを思い出した。鼻の頭をかきつつ、おしげの顔を窺う。

「炊き込みご飯もできますかな」

「ええ、もちろん。具は何にいたしましょうか」

「梅干しとしらす」

「おかずはどうなさいましょう」

「味噌汁と漬け物で十分ですよ」

「かしこまりました」

おしげはうなずき、厨へ向かった。

図々しい注文だが、引き受けてくれるという。彦兵衛はふたたび麦湯に口をつけ、ゆっくり舌の上で転がした。


果たして、見かけだけは思った通りのものが出てきた。

梅干しとしらすを炊き込み、白胡麻を散らした炊き込みご飯は、小振りなお櫃《ひつ》に入って出てきた。

供したのはおけいである。茶碗に軽く半膳ほど見栄えよくよそい、上には生姜の細切りが飾ってある。味噌汁はなめこと豆腐。そこに青々とした茄子と、艶やかな茗荷の浅漬けがついている。簡素だが、行き届いた膳を前に、我知らず胸がいっぱいになった。

懐かしいねえ――。

夏が来るたび、亡き母おきんが作ってくれた。これならば、どんなに蒸し暑い日も食が進む。彦兵衛は箸を取った。

「では、いただきますよ」

家のものより薄味だが、まあ食べられる。

梅干しの酸味としらすの旨味《うまみ》が効いている。彦兵衛はもっと酸《す》っぱいのが好みだが、母親の味を一膳飯屋で再現できるわけもなし。

彦兵衛の家の梅干しはとびきり酸っぱかった。あれがいいのだ。暑がりで、毎年梅雨が明ける頃になると食欲をなくす彦兵衛のために、おきんが出してくれたものである。

おきんの漬ける梅干しはとびきり塩辛い。

桐の箱に入った紀州の梅もいいが、あれでは上品過ぎて少々物足りない。彦兵衛の家では昔から、梅干しは塩を惜しげもなく使い、目をぎゅっとつぶりたくなるほど酸っぱく漬ける。

蒸し暑さでぐったりしている昼間や、付き合いで酒を飲みすぎた翌朝、どうにも体がむくんで難儀なときにも、梅干しがあればご飯が喉を通る。

「うん」

あらかじめ発破《はっぱ》をかけておいたのが功を奏したか、ご飯は硬すぎず、柔らかすぎず、出汁醤油のしみたご飯はしらすの旨味を含み、まろやかだった。そこに梅干しと生姜がぴりりと効いている。

できればもっと酸っぱいほうがありがたいのだが、たちまち茶碗は空になった。おけいが気づいて、お櫃からお代わりをよそう。

「どうぞ」

二膳目も茶碗に半分ほどだ。

しかも軽くよそってあるから、実際には二口か三口分だろう。年寄りにはちょうどいい。この歳になると、すぐに腹がいっぱいになってしまって気持ちほどは食べられないのだ。

茄子の浅漬けもうまかった。まさにいい塩梅といった塩加減で、麦湯とも合う。薄味の炊き込みご飯に合わせたのか、しっかりと味の濃い味噌汁もいい。一膳飯屋にしては上出来だ。

「ご馳走さま」

彦兵衛は茶碗を置いた。

まだ食べられそうだが、止めておく。腹八分目が一番。おいしいからと欲をかくと、後で胃もたれして苦しい思いをする。

よしのは小食だった。酒も駄目なら、甘いものも苦手。それでは料理屋へ連れていく気にもならない。返す返すもつまらない女だった。

空になった茶碗を突き出すと、おけいが麦湯のお代わりを注いだ。

普通は、お客に催促される前に気づくものだけどね——。

と、非難がましく思う。

客商売をしているにしては、どうもおけいの物腰はおっとりしている。

やはり旦那がいて、遊び気分で店を持たせてもらったのかと勘繰《かんぐ》ってみたものの、彦兵衛は思い直した。おけいはちゃんと働いている者の手をしていた。木綿の着物の袖から覗く腕も手も白いが、指先が少々ささくれている。おしげも同じ。二人で必死にこの店を守っているのだ。

しかし、所詮《しょせん》は女だ。小さな店ほど、続けていくのは難しい。ちゃんとした男がついていればいいが、と余計なことが気になる。

「厨を任せている人がいると言っていたね」

「ええ」

おしげがうなずいた。

「よかったら、挨拶させてもらえませんか。おいしいものを食べさせてくれた人の顔が見たい」

「声をかけてまいりますね」

ふっくらした体ながら腰も軽く、おけいが厨へ向かった。

果たして、小柄な老人を連れて戻ってくる。

「うちの料理を作っている平助です」

掌で老人を示し、おしげが言った。

「やあ、はじめまして」

彦兵衛は先に声をかけた。

「結構なお味でしたよ」

老人はおしげとおけいに挟まれ、所在なさそうに立っていた。豆絞りを額に巻き、こちらを遠慮がちに見ている。

「いやあ、実はね。見たところ小さな店構えだから、失礼ながらあまり期待していなかったのですが、実にいい腕をお持ちでいらっしゃる。どちらで修業なさったのです」

話しているうちに、おや、と彦兵衛は思った。

この顔はどこかで見たことがある。はて、誰だろう。この店を訪れたのは今日が初。向島に越してきてから新たに知り合った者もいないのだが。

「日本橋《にほんばし》ですよ」

老人は短く答えた。

「日本橋――」

それは奇遇だ。自分も日本橋駿河町で酒問屋をしていたのだと、いつもの彦兵衛なら返していたところだろう。

しかし、言わなかった。

一膳飯屋の板前の顔を憶えているのが、自分でも不可解だった。

どこで会ったのだろう。若い頃だろうか。

じろじろ眺めているうちに、思い出した。老人は昔、日本橋駿河町の料亭で板前をしていた男だ。すっかり年寄りになったが、よく見ると長い顔の輪郭や目許に面影がある。

「――平助さんですな」

「へい」

老人は顎を引く。

やはり、そうだったかと知れてもなお、信じがたい気持ちだった。まさかここで、こんな偶然に出くわすとは。

「はて、驚きましたな」

かぶりを振ってつぶやく。いるとわかっていたら、この店には入らなかった。彦兵衛は長いこと平助を恨んでいたのである。どこかで顔を合わせたら、殴りつけてやるつもりでいた。

しかし、いざこうして目の前にあらわれると、案外できないものだ。長床几に腰を下ろしたまま、互いに困り顔で目を交わすばかり。平助も居心地が悪そうだが、それは彦兵衛も同じ。

老けたな、と思った。

色が黒いのも顔が長いのも昔のままだが、全体に萎《しな》びて脂《あぶら》気《け》が抜けている。あまりに年寄りじみていて、殴りつけるのも気の毒だ。

ともかく気を落ち着かせよう、と麦湯へ手を伸ばした。一口飲んで、舌を湿してから話を続けた。

「そうですか、平助さんが板前をしてらっしゃるのですか。道理でうまいはずだ。納得しましたよ」

「ありがとう存じます」

平助が頭を下げた。薄くまばらな髪の隙間に、赤銅《しゃくどう》色の地肌が覗いた。

これはまた――。

爺《じじ》むさいものを見せられたものだ。とはいえ、人のことは言えない。彦兵衛の頭髪も似たようなものである。髷は小筆さながらに細くなり、この頃では眉毛まで白くなってきた。

見た目だけではない。梅干しとしらすの炊き込みご飯でも、ときには入らないことも出てきた。今日は食べられたが、きっと後で胃の腑がもたれるはずだ。夕飯は抜くことになるかもしれない。

酒量も減った。

一人で飲んでも味気ないから、別に構わないが。

仲間の寄り合いで、競うように飲んでいたのも昔話。今では、一合でも持て余す。隠居して、人付き合いから離れてからはすっかり弱くなった。歳をとるとはそんなものだろう。用事といえば医者通いだけ。毎朝起きるたび、さて今日はどうやって暇を潰《つぶ》そうかと考える。

しかし、平助はまだ働いているのか。

金のためか。相変わらず貧乏暇なしというわけだ。ざまあみろ。と、暇な隠居の身の上を棚に上げて、胸のうちで腐す。

何だろうね、涼しい顔をして――。

もっと恐縮してもよかろうに。

突然の邂逅《かいこう》に肝をつぶして呆然《ぼうぜん》としているのか。

いや、そんなふうには見えない。

どちらかといえば、居直っているふうに見える。挨拶を済ませたのだから、厨へ引っ込むこともできるのに、平助は店に居続けている。

さすが人の女房を盗むだけのことはある。

今では枯れた風情を漂わせているが、それは表の顔。この店の女将たちはこいつの正体を知っているのか。知らないなら教えてやろうかと、彦兵衛は思った。

四

よしのが家を出たのは十年前のこと。

彦兵衛が商売仲間との寄り合いで出かけている間に消えた。荷物も持たず、近所まで行くような態《てい》で出ていき、そのまま帰ってこなかった。

男が絡んでいたと知れたのは、同業の仲間が耳打ちしてくれたからだった。

まさか、と耳を疑ったが、家を出入りするのを見た者がいるらしい。

相手は同年代の男。かつて、よしのが嫁入り前に奉公していた料理屋『桔梗《ききょう》』で修業していた板前。既にその店は辞め、魚河岸で働いているという話だった。

それが平助である。

名を聞いても、彦兵衛にはすぐに顔が思い浮かばなかった。背丈の低い、色黒の男だと言われ、ようやく見当がついた。『桔梗』の板前の中でも腕がよく、主に目をかけられていた男だった。

よしのを嫁にもらうとき、彦兵衛は周囲を洗った。同じ店で働く奉公人として、平助の名も出てきたので憶えていた。しかし、当時はさほど親しくもなかったはずだ。

なぜ平助が『桔梗』を辞めたのか、その辺りの事情は知らない。女房と一人娘がいたようだが、今は独りだという。

いったい平助のどこがいいのか。

腕がいい板前といっても、所詮ただの雇われ。あのまま『桔梗』にいれば、いずれ暖簾分けをしてもらえたろうに。欲がないのか、運に恵まれないのか。おそらく両方なのだろう。

家出した後、よしのは平助の住む長屋に出入りしていた。襷《たすき》掛けをして、仲睦《むつ》まじそうに庭へ出ていた、あれでは夫婦も同然だと、同業がわざわざ彦兵衛に知らせてきた。

そんな噂を立てられる女房がいては商いにも差し障ると、彦兵衛は離縁を決めたのだ。

「で？　平助さんはいつからこの店にいるんだい」

「八年になります」

「へーえ。そうですか、八年ね。それまでは、どうしていたんです」

「板前ですよ」

「どこで」

「この近くでさ」

あまり話をしたくないのか、平助が口を濁した。

「近くというと？」

「……」

「やっぱり、こういう旅人相手の一膳飯屋かい」

「はあ、まあ」

「なるほどねえ。平助さんが一膳飯屋で板前とはね。『桔梗』で修業した人が、ずいぶん落ちたものだ」

かつて平助が板前をしていた料亭の名を出し、おけいとおしげの顔色を窺った。二人とも平静な面持ちをしているから、胸中が読めない。それだけ平助を信用しているのか。

こんな男の作った飯を食い、感心した自分のおめでたさに腹が立つ。

「あのね、女将さん」

幸い、他に客はない。彦兵衛はここで遭ったが百年目とばかりに、平助の昔話をぶちまけることにした。おしげやおけいには気の毒だが、この男が何をしたのか知らしめてやらないと。

「あたしは、こちらの平助さんをよく知っているんですよ」

「おや、そうですの」

「うん。それもただの知り合いじゃない。この人は間男《まおとこ》ですよ、あたしの女房を盗んだんです」

「あら」

てっきり驚くと思ったのに、おしげは動じなかった。

と言ったきり、涼しい顔をしている。

「ひょっとして、ご存じでしたかね」

「いいえ。初耳です」

ゆっくり、かぶりを振る。

「ま、そうでしょうな。人に知られれば後ろ指をさされますから、隠しておくのが普通ですよ。ねえ？」

おしげは相槌を打たない。黙って彦兵衛を見返すだけだ。

「出鱈目《でたらめ》を言っているのじゃありませんよ」

「別に疑っておりませんわ。お話しくださいまし」

どうも調子が狂う。

間男だと言っているのに、おしげはそれがどうしたという顔だ。平助は煤《すす》けた茄子のような顔を晒して突っ立っているばかり。

「水菓子《みずがし》でもお持ちしましょうか」

「え？」

「よろしければ口直しに」

いきなり何を言い出すのかと、彦兵衛は不審に思った。

「ちょうどできあがる頃なんです。お口に合うかもしれないと、お客さんのご飯を炊くときに、あわせて仕込んでおきましたの」

「ふん、もらおうか」

「かしこまりました。――平助」

おしげは笑顔でうなずき、横を向いた。平助がおもむろに背を向け、厨へ去っていく。

「お前も一緒に行きなさい。麦湯がなくなりそうよ」

話を聞かせたくないのか、おしげは娘にも用事を言いつけた。

逃げたな――。

水菓子も麦湯も口実で、彦兵衛を黙らせたいだけだ。面白くない。いくら腕がよくても、人の女房に出奔《しゅっぽん》するようそそのかした男を庇うとは、おしげもどうかしている。

「ひょっとして、あんた、あの男とできているのかね」

「平助とですか?」

おしげが失笑する。

「まさか」

「違うのか」

「そう申しました」

笑みを消し、おしげが言う。

「じゃあ、他に旦那がいるのかね」

「下衆《げす》の勘繰りは止《よ》してくださいな」

彦兵衛の問いをおしげはぴしゃりと撥《は》ね返した。楚々《そそ》とした印象に似合わず、気が強いらしい。

「わたしは独り者です」

「ずっとじゃないだろう」

「あなたの仰る旦那とは違いますが、亭主はおりましたよ。もう亡くなりましたけれど。それで娘のおけいと店を始めたのです」

「そいつは失敬。そんなに怖い顔をしなさんな、あたしは客だよ」

「さようですわね」

「もっと丁重に扱ったらどうだ」

そんな怖い顔をして睨むことはない。年寄りだと思って舐めてかかっているようなら、こちらにも考えがある。

「平助はうちの板前ですから。難癖をつけられたら、わたくしも女将として黙ってはいられません」

わたくし、と来たか。一膳飯屋の女将風情が気取った物言いをするものだ。

それはそうと、どうしてあんな萎《しな》びた爺さんを庇うのかと、彦兵衛は苛ついた。

ただの板前ではないか。

「しかしね、あの男はよくないよ。あたしなら、あんな板前は使わないね」

「ご忠告、痛み入ります」

ちっとも信じていない口振りで、おしげが言う。

暖簾に腕押しで聞く耳を持ちやしない。彦兵衛は舌打ちを堪えた。せっかく忠告してやったのに、これだから女は面倒くさい。

しかし、昔よしのが平助の長屋に出入りしていたと話せば、取り澄ました女将も顔を青くするはず。どうせ一見《いちげん》の客だと疑っているのも今のうち。とんだ板前を抱えていたことを思い知らせてやれ。

そのつもりで口を開きかけたら、先におしげが話し出した。

「平助が昔、日本橋で板前をしていたことなら承知しております」

「ほう」

彦兵衛は腕組みをした。

「それなら、あたしの女房との話も知っているんじゃないかね。よしの、というんだが」

「ええ」

「本当かい？」

「知っておりますよ。平助に聞きました」

「だったら――」

「ですが、間男というのは、お客さんの思い違いでございましょう。平助からは、

「そんな話は聞いておりませんよ」

おしげは彦兵衛に目を据えた。

ふうん――。

この女将はよしのと平助の一件を聞いているのだ。果たして、何と話したのか。彦兵衛は興味が湧いた。離縁してけりをつけたものの、よしのの家出騒ぎにはいまだ解《げ》せないところがある。

「あの男がどう言い訳したのか、ぜひ聞いてみたいものだ」

「結構ですよ。お話しいたします」

「そう願いたいね」

つっけんどんに返し、彦兵衛はおしげを睨んだ。

色恋でないなら何だ。どんな話が飛び出すものやら、想像がつかない。

どうせ愚にもつかない与太話《よたばなし》だろうがね――。

おおかた彦兵衛を悪者にしているのだろう。性根《しょうね》が冷たいとか、同業の間でも評判が悪かったのだとか、そんなところだと思う。

何を聞いても平気だ。

嫌われるのには慣れている。

彦兵衛は息子夫婦に疎《うと》まれ、向島で侘しい隠居暮らし。

金はあっても身内は寄りつかず、通い女中のおりゅうにも侮《あなど》られている。

自分でもわかっている。彦兵衛は嫌な奴なのだ。

若い頃から威張り屋だと陰口を叩かれていたが、歳をとり、さらに因業者《いんごうもの》になった。

近頃は暇に飽《あ》かして、他人の粗《あら》探しばかりしている。そんな調子だから、今では近づいてくる者もいない。自業自得《じごうじとく》なのに腹を立て、また文句を言って――。延々とその繰り返しで、すっかり鼻つまみ者だ。

今さら怖いものなどない。己を顧《かえり》みて、よしのに詫びるつもりもさらさらなかった。彦兵衛はただ知りたいのだ。あのおとなしい女房がどうして家出できたのか。それだけだ。

五

そこへおけいが水菓子を運んできた。

話の腰を折られ、彦兵衛は口をへの字に結んだ。

水菓子など、どうでもいい。そう思ったが、透明な切り子硝子に入った水菓子に、目が留まった。

「梅干しの寒天《かんてん》寄せです」

見た目にも涼しげな水菓子だ。切り子硝子を透かして淡紅色の寒天が覗いている。中に入っているのは、すりつぶした梅の果肉と、もしや花びらか。小指の爪ほどの赤い花が寒天の中でひらりと舞っている。

彦兵衛は目を近づけた。

「これは本物かい？」

「ええ、そうです。咲いた花を塩漬けしてから干したのです」

「ふうん。洒落《しゃれ》たことをなさる」

まあいい。さっさと食べて話の続きだ。彦兵衛は渡された匙《さじ》ですくい、寒天寄せを舌に載せた。

おや——。

「そんなに酸っぱくないね」

「梅干しそのものが甘いんですよ」

「砂糖で漬けてあるのかい」

「ええ、氷砂糖を使って」

「花びらは苦いな」

彦兵衛はしかめ面をした。物珍しくて見た目はいいが、菓子が苦くてどうする。そう思ったが、飲み込んだ後には口の中に爽やかさが残った。

「うん」

慣れてみると悪くない。ことに暑い日には合いそうだ。ほろ苦いものを口にしたおかげか、胃の腑が軽くなった気もする。

「しかし、少々季節外れだな。梅は春の花だよ」

野暮《やぼ》な趣向だと、彦兵衛は思った。季節は先取りするのが粋で、こんなふうに花の時期が過ぎたものを水菓子で出すのは無粋《ぶすい》だ。

「花が咲くのは春でも、実がなるのは夏でしょう」

おしげが脇から口を挟んだ。

「こじつけだ」

「そうですけれど。梅干しはいつ食べてもおいしいものですから。実を漬けるのは梅雨で、天日干しをするのは梅雨が明けてから。梅干しは何年もとっておけますし。息の長い花ですわね」

いったい何が言いたい。

退屈して、彦兵衛は鼻を鳴らした。

「梅の花の話はいいよ。それより、よしのの話だ。聞かせてくれるんじゃないのか」

「そのつもりですわ」

だったら早く始めろと、彦兵衛は貧乏揺すりをした。

「その水菓子に使っている梅干しを漬けたのは、よしのさんなんですよ」

「何？」

思わず声が裏返った。

「よしのはもう十年前に死んだぞ」

「存じております。ですが、梅干しは何年ももちますからね」

憮然《ぶぜん》としておしげを睨む。

あらためて水菓子を見下ろしたが、何も思い浮かばなかった。よしのが梅干しを漬けていたとは初耳だ。

「平助はその指南をして差し上げていたそうです」

よしのが平助の長屋へ出入りしていたのは、梅干し作りを教わっていたから。昔、

『桔梗』で奉公していた頃の縁で、教えてほしいと頼んできたのだという。

「よくわかりませんな」

彦兵衛は唸《うな》った。

「梅干しなら、うちにもありますよ。わざわざ平助さんに指南を乞わなくてもいいはずだ」

「でも、それはよしのさんの梅干しではありませんもの」

「どういう意味だか――」

首を傾げ、独りごちた。

「あいつは女房です。そんなに梅干しが好きなら、うちのを食べればいい」

「食べたくなかったんだろうよ」

やっと平助が出てきた。腕に瀬戸物の壺を抱えている。

それにしても聞き捨てならない。

「食べたくない、とは？」

「言ったまんまです」

愛想も素っ気もない返事である。まったく、よしのはなぜこんな爺さんに惚れたのやら。死なれてもなお、わからない。

「それは？」

「よしのさんが漬けた梅干しですよ」

無造作に言い、こちらへ差し出してくる。

「本当かね」

「疑うのかい」

「あいつが漬けた証《あかし》はあるんですか」

困らせるつもりで訊くと、平助はさも当然とばかりにうなずいた。

「ご自分で確かめなさったらどうでえ」

彦兵衛は平助を睨んだ。

証があるとはね――。

大きく出たものだ。梅干しに名前が書かれているわけもなかろうに。

「ま、食べてみればいい」

挑むような顔で言われ、彦兵衛は壺の蓋を開けた。

中にはぎっしり梅干しが詰まっている。半信半疑ながら指でつまみ、ひとつ口へ放り込んでみた。

彦兵衛は思わず懐紙を出し、梅干しを吐き出した。平助の言ったとおりだった。

食べてみて納得した。この梅干しなら知っている。

昔、よしのがおにぎりを作ってくれたことがある。

そのときは甘くて驚いた。梅干しといえば酸っぱいものと思っていた彦兵衛は、びっくりして今と同じように吐き出した。以来、よしのが甘い梅干しを彦兵衛に出したことはない。とうに捨てたと思っていた。

「わかったかね」

平助に言われ、不承不承うなずいた。

「それがよしのさんの梅干しだ。俺も食べさせてもらいましたよ。嫁にきたときに持ってきたっていう、あの人のおっ母さんが漬けた梅干しを。もう干からびていたがね」

「そんな古いものを後生《ごしょう》大事に持っていたというのかい」

「捨てられるものかね。自分のおっ母さんの作ったもんだ。よしのさんにとっては、最後の親の味だ」

「大袈裟なことを言うね。で？　その梅干しが何だい。干からびさせたから、同じのを作りたいと、あれが頼んできたと。あんた、そう言うんですか」

「その通りだからな」

「信じないね」

彦兵衛は吐き捨てた。

しかし、思い当たる節はあった。家を出ていく前の年、よしのに懐《なつ》いていた奉公人が故郷《くに》に帰った。房州《ぼうしゅう》の田舎から出てきた娘で、どこか昔のよしのに似ており、あまり気が強くなかった。そのせいで辛い思いをしていたのか、田舎へ戻ることにしたのだ。

今にして思えば、よしのはその娘が羨ましそうだった。親はもう亡くなっていたが、そのせいで却って里心がついたのかもしれない。

彦兵衛は、そんなよしのに呆れたのだ。

ひょっとして、お前も帰りたいのかと口にした憶えもある。あんなあばら屋でも懐かしいのかね、と。もっとも帰ろうにも、お前の家はとうにないじゃないかと。

梅干しかと、彦兵衛は思った。

なるほど平助の言うとおり、あれはよしのにとって懐かしい味だろう。

「そんなに恋しければ、家で漬ければよかったんだ」

「さも不味《まず》そうな顔をして吐き出した、ご亭主のいる家でかい？」

「口に合わなかったんだよ」

「だからといって、馬鹿にすることはねえ」

「馬鹿になんか――」

「してねえってのかい」

平助に問われ、彦兵衛はたじろいだ。

まあ、多少は――いや何度も馬鹿にしたかもしれない。憚《はばか》りながら、身に覚えもある。

「誰だって、親をけなされるのは嫌なもんだ。よしのさんはおとなしい人だから、ご亭主に遠慮したんだろうさ」

「しかし、それで家を出るかね」

たかが梅干しではないか。

言い返そうとしたが、平助の顔を見たら言えなくなった。

それだけのはずがない。当たり前だ。梅干しはきっかけに過ぎない。よしのは彦兵衛に辟易《へきえき》していたのだ。奉公人の娘が故郷へ帰るのを見送り、自分もこの家を出ようと決めたのだろう。

不思議なもので、歳をとると昔のことをしょっちゅう思い出す。

今日、この店で彦兵衛が梅干しとしらすの炊き込みご飯を食べたくなったのも、母親のおきんの味が恋しくなったからだ。嫁には意地悪だったが、おきんは彦兵衛に優しかった。よしのが嫁に来るまでは、それなりにいい母親だった。

しかし、息子の太一郎は母親を虐《いじ》める祖母を嫌っていた。

姑の肩を持ち、嫁をないがしろにする父親のことはもっと嫌った。太一郎はおとなしい母親に冷たく当たり、さんざん泣かせた彦兵衛を憎んでいた。そのせいで代替わりした途端に厄介払いされ、向島へ追いやられたのである。

梅干しとしらすの炊き込みご飯も、おきんを思い出すからか、太一郎は決して口にしない。だから彦兵衛もこの店へ来て、久々に食べたのである。

よしのは家を出た後、一年ほどで死んだ。

彦兵衛は人を使って調べて、よしのが住んでいる家を知っていたが訪ねなかった。家出といっても、その実は大した話ではない。よしのは彦兵衛が昔、遊んだ女のために買った家にいた。

本気で離縁したいなら、すぐに居場所が知れるところではなく、もっと遠くへ行くだろう。だから彦兵衛は侮ったのだ。家を出たのはこちらの気を惹くため。馬鹿馬鹿しいと捨て置いた。

世間の狭い女のこと、いずれ意地を張りきれずに帰ってくるだろうと高を括《くく》っているうちに、死なれてしまった。

彦兵衛はよしのの親を大事にしなかった。

貧乏人で無教養だと下に見ていた。よしのは悲しい思いをしたはずだ。彦兵衛の目から見ても意地悪なおきんですら、悪く言われれば切ないのだから。

迎えにいけばよかったのか。

今になって思う。

いや――。

やはり放っておいてよかった。無理に連れ帰っていたら、よしのは親を懐かしむことすら遠慮したまま死んでいったはずだ。彦兵衛から離れ、静かに晩年を過ごせたことは、よしのにとって幸せだった。

「しかし、梅干し作りとはね――」

最後に得たのがそんな慎ましい楽しみだったとは。彦兵衛はうなだれていた顔を上げた。

「ま、あんたに間男をされたんじゃなければ、よしとしますよ」

「俺じゃ不服かね」

「そりゃあ、そうでしょう」

片頬を上げて笑ってみせると、平助も口許をほころばせた。

今は白髪頭の年寄りだが、十年前は多少の水気も残っていた。だから、よしのが長屋へ出入りしていると聞いて疑ったが、こうして話をしてみると、とても間男のできるような柄ではない。よしのも同じだ。あれはそんな真似のできるような女ではなかったと、彦兵衛は思う。

「寒天寄せに使ったのも、よしのさんが漬けた梅干しですぜ」

と、平助が言った。

「砂糖も塩もしっかり使って漬けてあるから、菓子にしてもうまいんだ。中の花もよしのさんが摘んだものでね」

「――へえ」

家の庭にも梅の木はあるが、よしのが花を眺めていた憶えはない。むしろ無関心なほうだと思っていた。

だがそれは、おきんが生け花の嗜《たしな》みがないよしのをあげつらい、梅と桜の違いくらいはわかるだろうね、と厭味を浴びせていたからかもしれない。

そうやって何かにつけ、おきんはよしのを嗤《わら》っていた。そういう母親の言い草を聞いても、何とも思わなかったのだから、我ながらつくづく冷たい男だ。

「所詮、合わなかったんでしょうな」

彦兵衛は鼻から息を吐いた。

「育った家の味が違い過ぎたんですよ。それじゃあ、夫婦としてうまくいかない」

「さて、そいつはどうだか」

「あいつは甘い梅干しをおいしいと思う男と一緒になればよかった。そうすれば、家を出ていくこともなかった」

「それ、俺のことかい？」

平助が自分の顔を指差した。

「あんたが間男じゃないのはわかりましたよ。でも、『桔梗』に誰か、ほかの男がいたんじゃないのかい」

「それはないいな」

「いいんですよ。本当のことを言ってくれても。あれはもう死んだんだ。ましてや、嫁にくる前のことなど、今さら嫉妬《しっと》しませんよ」

彦兵衛は食い下がった。いっそ相手を間違えたと言われたほうが、楽だと思った。

しかし、そんな男はいないという。

「よしのさんは、あんたのことを、ちゃんと好いてらしたんですよ。梅干しを漬けてるときに、本人がそう言ってましたからな」

「どうだか」

彦兵衛の恨み節に、平助が苦笑した。

「ったく。疑り深いのは、年寄りの悪い癖ですぜ。俺はよしのさんから聞いたんだ。見初められたときは、天にも昇る心地だったそうだよ」

「――何です、それは」

うっかり顔が赤らみそうになって、彦兵衛は眉間に皺を寄せた。

「何って、あんた。そのままの意味だよ。それから、いい家に嫁にいけて、親も喜んでたと言ってなさった」

「……」

「嘘じゃありませんよ」

「ええ。わかりましたよ」

つまり、相手を間違えたわけではなかった。

よしのも彦兵衛と夫婦になることを望んでいた。が、女房になったら幻滅した。

そういうことだ。

「その梅干し、持っていきなすったらどうです」

平助が話を変えた。

「いつか、ご亭主が訪ねてきたら渡そうと思っていたんです」

「あいつがそう言ってたんですか」

「いや」

勢い込んで訊いたが、平助はかぶりを振った。

「そうじゃねえが、そうしてやったほうがいいと思ってね。食べずにとっておいたんですよ」

梅干しじゃなかったら、とうに駄目になっているところだ。なぜ届けにこなかったのかと、恨みがましい気になりかけた。しかし、彦兵衛は居所を知っていながら、よしのを訪ねなかった。

今日こうやって平助に偶然出くわさなければ、受けとることもなかった。きっと死ぬまでよしのが浮気をしたと信じていたはずだ。彦兵衛はそうやって軽蔑《けいべつ》することで、自分を守りたかったのだ。

壺の蓋を開け、もう一粒つまんでみた。

おそるおそる口へ入れ、甘い梅干しを舌の上で転がす。

「ふん」

やはり苦手な味だと思う。こんなものは梅干しではない。が、辛抱して舐めていると、そのうち甘さの奥から塩辛さが滲《にじ》んでくる。

毛嫌いするほどのことはない。よく味わってみれば、しょっぱさと甘さの塩梅が程よくなじんでいる。

悪くないね――。

嚙むのも勿体ない思いで、大事に味わいつつ、彦兵衛は昔を思い出した。この梅干しでおにぎりを作ってくれたのは新婚のときだ。

親が持たせてくれた梅干しを使ったのは、よしのなりの歩み寄りだったのだろう。自分という女を知ってもらいたい、縁あって夫婦になったのだからと、そんな思いがあったのではなかろうか。

どうしてあのとき、吐き出すのではなく、面白がってやらなかったのかと思う。おまけに、彦兵衛はおきんに甘い梅干しの話をした。自分の母親と一緒になって、女房の親の味を馬鹿にした。

我に返ると、おしげがこちらを見ていた。

「夫婦にはいろいろありますよ」

「知ったような口を利くね」

いつもの癖で鼻を鳴らした。

「わたしにも亭主がおりましたからね。離縁してやりたいと思ったこともありますし」

「でも、しなかったんだろう」

「その前に死なれましたからね」

おしげはふっと笑った。

「亭主は奉公人に手を出していたんです」

急にそんなことを打ち明けられ、さすがの彦兵衛も面食らった。

「ひどい話でしょう」

「まあねえ」

彦兵衛も女遊びはしたが、さすがに家の中で手出しはしなかった。

「もう過ぎたことですけれど。当時は悔しくて、亭主の顔を見るのも嫌でしたよ。どうしてこんな男に嫁いだのかと、昔の自分を恨んだりして。でも、ね――」

そこで言葉を切り、おしげは彦兵衛を見た。

「今はもう恨んでいないんです」

「それはどうして」

どうせ強がりだろうと、腹の中で毒づきながら訊く。おしげは昔を思い返す顔になった。

「どうしてでしょう、自分でも不思議なんですよ。憎らしい人だったのに。結局、喉元を過ぎたからかしら。嫌なことはきっと忘れてしまうのね」

「そうかな。逆だと思うよ、あたしは」

嫌なことほど後に残る。

だから、よしのは出ていった。

「もちろん、そのときのことを思い返せば腹も立ちます。だとしても、残っているのは夫婦としての情なんです。歳をとったせいかしら」

「恨みは水に流したわけだ」

「どのみち人の気持ちなんて、ひと色に染まっているものでもないでしょう。その日の気分でどうにでも変わりますから」

「適当なもんだな。女心と秋の空じゃあるまいし」

よしのと同年配の女の言うことだからと、珍しく耳を傾けて聞いていたのに拍子抜けした。

「好きも嫌いも含めて、いろんな気持ちがあるという意味ですよ。よしのさんも、たぶんそうじゃないかしら。顔を見るのも嫌な憎い人でも、ふと会いたくなるときもありますでしょう」

「あるかね」

「どうかしら。ご本人に訊かないとわかりませんけれど」

「何だい、期待を持たせて」

彦兵衛は鼻白《はなじろ》んだ。

亭主とのいざこざの話を始めたから、こちらも聞く気になったのに。知りたいのだ。一人になったよしのが何を考えていたのか。

「案外、連れ戻してほしかったのかもしれませんよ」

おしげが妙なことを言い出した。

「まさか。あれに限って」

「そうですか?」

「うちの女房はおとなしくてね、愚痴も言わないんです。そういう女が一番怖いんですよ。何をしでかすかわからない。あんたもそうなんじゃないですか」

おしげは答えない。黙って彦兵衛を見つめている。

決まりが悪くなり、咳払いをして続けた。

「いずれにせよ、あたしと別れたかったんですよ。それで結構。最後にあれが嫌な家を出て、昔馴染みと懐かしい梅干しを漬けて、少しでも平穏に暮らせたのなら、よかったと思いますよ」

そうだ。

彦兵衛にはわかっていた。こっそり見にいったことがあるから知っている。よしのは彦兵衛のもとを離れ、一人で心地よさそうに暮らしていた。彦兵衛の前では見せない顔をしているのを遠目に見て、彦兵衛は離縁を決めたのだ。

あたしにしては上出来だよ——。

息子の太一郎には馬鹿にされ、同業の間でも噂になったが、黙って捨てられた亭主でいてやったのだ。見初めておきながら幸せにできなかった埋め合わせとしては、まるで足りないが。


店を出る頃には雨が上がっていた。

「天気雨だったか」

さっきまで降っていたとは思えないような上天気だ。見送りにきたのはおけいだった。

「お気をつけて」

「あらたまったご挨拶だね。あたしは何も旅に出るわけじゃない」

「すみません、そんなつもりではないのですが」

「ふん。冗談さ」

からかうと、おけいは肩をすぼめた。もう三十半ばだろうに、初心《うぶ》な反応をする。客商売にしては口数も少なく、母親のおしげとは違って物静かだ。よしのが生きていたら気が合うかもしれない。

小千谷縮も乾いている。手拭いを貸してもらったおかげで、丈が縮んで脛《すね》がむき出すようなこともない。

「あんたのおかげで助かりましたよ」

彦兵衛は言い、着物の袖を広げてみせた。

「いいお着物ですものね」

「わかるかい？」

おけいは首を傾げたが、もとはいい家の出に違いない。今は木綿を着ているが、絹物も似合いそうだ。近くで見かける妾宅の女たちより、よほど贅沢なものに触れてきたように見える。

とはいえ、それが幸せかどうかは別の話。金があっても、彦兵衛など医者の他に出かける用事もない。帰ったところで、女中のおりゅうが待っているだけ。

しかし、どんな顔をするかね――。

よしのが漬けた梅干しの壺を抱え、彦兵衛は家路についた。これからは少しずつ、大事に食べよう。おりゅうに味見させてやってもいいが、不味いと言われたら腹が立ちそうだから止めておくか。

そんなふうに思うのは、よしのが身内だからだ。女房の育った家の味なら当然そういうことになる。

逃げられた挙げ句、死なれて十年以上も経ってから気づくとは悠長《ゆうちょう》な話だと、我ながら呆れた。夫婦でいた頃からそういう気持ちでいれば、もっと幸せにしてやれたかもしれないのに。泣かせるつもりで嫁にしたのではなかった。あれは笑った顔がいいのだ。歯茎がちらと見えるところが、何ともいえず可愛かった。

馬鹿馬鹿しい。

死んだ女房の若いときを思い返して、にやけるとは。いい歳をした爺《じじい》がみっともない。そう思いつつ、それがどうしたと彦兵衛は開き直った。いくら因業《いんごう》な年寄りでも、たまには浮かれることはある。

おや——。

これでは、あの女将の言い草と同じだ。

けれど、彦兵衛が清々《せいせい》した気分になっているのは本当だった。

雨上がりの空が澄んでいて、心地いい風が吹いている。それだけで、自分の胸の中が洗われたような心地になるとは子どもだましだ。おまけに、いつになく足まで軽いときている。

珍しいこともあるものだ。これなら藪医者に行かずに済みそうだ。

いい気分でいられるのも、どうせいっとき。またすぐに意地悪を言いたくなるに決まっていると思いつつ、彦兵衛は清々した気分を楽しんでいた。


お客を見送った後、次々と別のお客が入ってきたものだから、おけいが平助と話せたのは、その日の夕方になってからだった。

「何でえ」

おけいが厨で湯を沸かしていると、平助から声をかけてきた。

「訊きたいことでもあるのかね」

真正面から切り込まれると怯《ひる》んでしまう。

「いえ――」

思わずかぶりを振ると、平助は噴き出した。

「つたく。うちのお嬢さんは正直者でまいっちまうね。さっきの人が誰か訊きたいんだろ。ぽっちゃりした白い頬に書いてあるぜ」

「やあね」

おけいは手で顔を押さえた。

「あの人は、昔の奉公先で一緒だった人のご亭主だよ。日本橋駿河町の酒問屋の主で、彦兵衛さんというんだ」

「よしのさんと仰る方がおかみさんね」

「ああ。どうせ、厨で聞き耳立ててたんだろ？　言っておくが、俺は間男なんざしちゃいねえよ。こう見えても堅い男で――」

平助が話していたとき、背後で笑い声がした。さも可笑しいことを聞いたという顔で、おしげが肩を揺すっている。

「言われなくてもわかりますよ。ねえ？」

おしげがおけいに目配せする。

「平助さんが間男だなんて、疑うほうがどうかしてますよ」

「いくら自分が小町娘だったからって、そう見下したもんでもねえよ。俺だって、若い頃は色男と呼ばれてたんだ」

「色黒な男の間違いでしょう」

「言うねえ」

「さ、注文が入りましたよ」

いつものなりゆきで、よしのの話は流れた。

平助がなぜ梅干しの壺を預かっていたかは、店を閉めた後、寝る前におしげから聞いた。

少し前に、平助は川沿いを歩いている彦兵衛を見かけたのだそうだ。向こうは気づかなかったが、近くに住んでいるなら、いつ『しん』にあらわれるとも知れない。そのときに備えて、平助はよしのが漬けた梅干しを店に持ってきたという。それで女将のおしげに多少の事情を話した。と、そういうことだった。

「よしのさんは、平助さんの別れたおかみさんの奉公仲間だったそうよ。お互いが嫁にいった後も、付き合いがあったみたいね」

「まあ」

「わたしもそれしか聞いていないの」

平助は離縁したのか。飄々《ひょうひょう》とした風貌から、何となく死別だと思っていた。どういう事情があったのだろう。

今度、訊いてみようかしら——。

灯《あか》りを消した後、おけいは思った。

訊けば答えてくれる気がする。そのときは、おけいの側の事情も打ち明けることになるだろう。ならば、先におしげにも断っておかなければならない。

家の恥だからと隠していた弟の不始末のことを、そろそろ話してもいい気がした。八年。それだけの年月をともに過ごしているのだ。もう身内も同然。そう思ってもいいのかもしれない。それだけ平助と親しくなったともいえるし、新吉の一件からそれだけの月日が経ったともいえる。あるいは歳を重ね、多少は面の皮が厚くなったのか。

いずれにせよ、自分の胸のうちを晒してもいいと思える人が、傍にいるのはありがたい。そんなことを考えているうちに、眠気が兆《きざ》してきた。

第三話　友だち

一

暮れ六《む》つ（午後六時）の鐘が鳴った。

薄暗い土間にしゃがむと、犬は目を開けた。

「散歩に行くか」

声をかけ、首につけた縄を引っ張る。犬は前肢《まえあし》を揃えたまま立ち上がろうとしない。利発そうな黒い目で忠吉《ちゅうきち》を見ている。

餌皿は空だった。昼に母親のおぶんが、近所の魚河岸から分けてもらった骨を入れてやったはずだが、きれいになくなっている。忠吉は首輪に結んである縄を引っ張った。

「よし、いい子だ」

優しい声音を作って話しかけ、背を撫でてやる。犬はおとなしく立ち上がった。忠吉に従い、外へ出る。

夕暮れどきの路地は煮炊きの匂いがしていた。犬はふんふんと辺りを嗅ぎながらついてくる。腹が減っているのだ。魚についている身だけでは足りないのだろう。

忠吉は散歩の途中、屋台で天麩羅《てんぷら》を買ってやった。

竹輪と芋のすり身を二本ずつ。川原へついた後、草むらで天麩羅を広げた。

「食っていいぞ」

串を外した竹輪を口の前に持っていくと、犬は忠吉の顔を眺めてから、おもむろに食べ出した。竹輪を二口で飲み込むと、次に芋のすり身にかかる。やはり畜生だ。餌を見ればすぐにかぶりつく。

あっという間に天麩羅を平らげた犬は、小さなげっぷをした。満足したように、その場でお座りをする。

「うまかったか？」

尋ねると、犬はちらと忠吉の顔を見上げた。

なけなしの金で奢《おご》ってやったというのに、素っ気ない目つきだ。餌をもらってしまえば、もう用はないと言わんばかりである。家でも、おぶんには尻尾《しっぽ》を振ってみせるが、忠吉には無愛想だ。この男は自分を捨てるつもりだと獣の勘で察しているのかもしれない。犬は諦めたような顔で川を眺めている。

それならば話は早い。

忠吉は背後から犬を抱きかかえた。びくりと身じろぎしたところを押さえつける。犬は暴れたが、構わず羽交《はが》い締《じ》めにして川に入った。

「蹴るなよ」

なるべく苦しい思いをさせたくないのだから。

頼む、堪えてくれ――。

肚《はら》を決めてきたとはいえ、いざとなると怯みそうだった。忠吉は何も考えないよう頭を空っぽにして犬を川へ沈めた。ここで決行しなくても、どのみち捨てるほかになかった。忠吉は今日にも夜逃げする気でいた。母親のおぶんを連れていくので手一杯で、とても犬の面倒まで見きれない。

最後に天麩羅を食わせたのが、せめてもの温情。どうか満腹のままあの世へ旅立ってもらいたい。

夕暮れどきの川は暗く、土手を歩く人影もまばらだった。

蜱と蛙がやかましく鳴いているほかは人の声もしない。賑やかな通りなら、天秤棒を担いだ物売りや家路を急ぐ男たちが行き交っているだろうが、渡し場もない川原には人影が見えない。

忠吉は膝まで水に浸かりながら、もがく犬を押さえつけた。自分のしていることのおぞましさで足が震える。

そのとき近くで物音がした。もしや人に見られたかと、咄嗟に顔を向けたが、辺りには墨色の闇が広がり、近くに人がいるのかどうかもわからない。忠吉は無我夢中で川から上がった。土手を這《は》うようにして上がり、濡れた雪駄で走った。

川音が聞こえなくなるところまで来て、ようやく忠吉は足を止めた。息が上がり、苦しくて目尻に涙がにじんでいる。

「畜生――」

己にむかって毒づく。

犬が天麩羅を食べていたときの無心な様を思い返すと、堪らなくなった。背後から羽交い締めしたときの、犬の温かさが今も手に残っている。全体が茶色でお腹のところだけ白い雄だった。聞き分けがよくてめったに吠えず、おぶんに胸元を撫でられると、満更でもなさそうに鼻を鳴らしていた。

そんな犬を川に沈めるとは。今になって、自分のしたことのおぞましさに吐き気がする。

引き返そうかとしたが、忠吉はかぶりを振って思い止まった。

駄目だ――。

いっときの同情で動いたところで、どうもしてやれない。何度も考えて決めたのだ。犬がいては夜逃げできない。そんな目立つ姿では、すぐに借金取りに見つかってしまう。

かといって家に残していけば、借金取りが見つけてむごい目に遭わせるだろう。あの犬は、おぶんを脅しにきたやくざ者に噛みつき、怪我をさせたのだ。いくら犬とはいえ、あいつらが許すはずがない。どうせ死ぬことになるなら、せめてひと思いに楽にしてやろうと、忠吉は心を鬼にして犬を川原へ連れ出したのだった。引き返したところで、また川へ連れていく段から同じことを繰り返すだけ。

忠吉は手の甲で涙をこすり、鼻を鳴らした。不憫《ふびん》がっても仕方ない。

家に帰ると、灯りがついていた。

「どこへ行ってたんだよ」

おぶんが湯屋から戻っていた。聞こえない振りをして、忠吉は土間で濡れた足を拭いた。

「茶太郎《ちゃたろう》を見なかったかい？」

「知らねえな」

「どこにもいないんだよ」

「散歩にでも行ったんだろ」

「そんなわけ、あるはずがないよ。だって紐《ひも》でつないであったろう」

「飯にしてくれ」

不機嫌な声で話を遮り、忠吉はどかどかと部屋に上がった。

「うん」

生返事をしたものの、おぶんは支度する気がないらしい。狭い家の中をうろうろしている。

「落ち着かねえな」

「だって。茶太郎が心配で――」

「放っておけよ。たかが犬じゃねえか」

「ちょっと隣へ訊いてこようか」

「止せ。晩飯どきに訪ねていくのは迷惑だ。いいから飯だ。息子より犬が大事だって言うのかよ」

忠吉が声を荒らげると、おぶんはびくっと身を震わせた。その仕草が忠吉に抱きかかえられたときの犬と同じだった。自分でも驚くほど頭が熱くなり、眉が吊り上がる。

どいつもこいつも、俺を嫌いやがって――。

元はといえば、てめえが借金を作ったせいだろう。忠吉は三十年あまり生きてきて、今まで口にしたことのないようなひどい台詞《せりふ》を、おぶんに向かって吐きそうになった。夜逃げするのは、おぶんがおかしな奴に騙され借金を作ったせいだ。荒々しい怒りでいっぱいになり、忠吉は壁を殴りつけた。

「今すぐご飯にするから」

おぶんは半泣きになって、土間へ下りた。冷や飯と味噌汁を二人分、盆に載せて運んでくる。

「干物もあるよ」

機嫌をとるように言い、おぶんは忠吉に笑いかけた。

「またそんな贅沢したのか」

「なに、あんたの分だけだよ。行商の人が来てね、売れ残りだからと置いていったのさ。安くするから、どうでも買ってくれと粘られてね。ただみたいな値だったから買ったんだよ」

ぺらぺらと早口で言い訳をしながら、忠吉の前に飯と味噌汁を置き、背を丸めて土間へ戻り、軽く炙った干物の皿を持ってくる。

「俺はいい」

忠吉は干物の皿を押しやった。

「あたしはいいよ。あんた、食べなさい」

慌てておぶんが皿を押し戻してくる。

「一日働いて、腹が減ってるだろう」

「昼にたくさん食って、まだ腹が空いてねえんだ」

「あんた、若いのに何を言ってんだい。腹が空かないなんて、大の男がそんなはずないだろう。おっ母さんに気を遣わなくていいんだよ。あたしは一日、家で遊んでいるだけなんだから」

「言われてみれば、そうだな」

遠慮する気が失《う》せ、忠吉は干物の皿を引き寄せた。

「おいしいといいけど」

黙って箸をとり、干物に突き刺した。大きく身をはがし、口へ突っ込む。

「どうかね」

干物はむっちりと脂がのって旨かった。それが苛立たしくて、忠吉は返事をしなかった。おぶんが寂しそうな目でこちらを見ているのがわかり、それを蹴散らすように冷や飯を詰め込んだ。

一枚の干物を譲り合う暮らしに、忠吉はうんざりしていた。きちんとした畳職人で、酒も賭け事もやらない自分がどうしてこんな羽目になったのかと、一日に一度は考える。

おぶんは肩を落としてため息をつき、味噌汁を啜《すす》った。その惨めったらしい所作が鼻につき、忠吉はわざと音を立てて茶碗を置いた。

「ああ、驚いた」

おぶんが目を丸くする。

「今日は暑かったね。洗濯物がよく乾いたよ。寝間着を洗っておいたから、今晩は気持ちよく眠れるんじゃないかい。あんた、近頃寝汗がすごいもんね」

それはそうだろう。

毎晩、悪い夢を見てうなされているのだ。それも道理。とうてい返しきれない借金を背負わされれば、まともに眠れるわけがない。

「お代わりは？」

茶碗が空になるのを見計らい、おぶんが手を差し出してきた。無言で突き出すと、ほっとした顔をされた。三十一になっても、母親は息子にたくさん食べてほしいものらしい。一方、おぶんの茶碗はまだ飯が半分も減っていない。借金ができてからというもの、ずいぶん食が細くなった。

夜逃げの話はまだしていない。

言えば、おぶんが泣き出すと思い、忠吉はためらっていた。自分のせいで息子が道を外したと、己の軽率さを責めて厄介なことになる。それが億劫《おっくう》で一日延ばしにしていたのだが、借金を返すあてがない以上、ここを逃げ出すほかなかった。

おぶんがお櫃を開け、茶碗に冷や飯をよそう。

削《そ》げた頬と筋の浮いた手を見ると、哀れになる。元々のおぶんは陽気なたちで、家でもよく笑っていた。今のように息子の顔色を窺うことはなかった。借金がおぶんを変えてしまった。

あまり親切なのも考えものだ。人を信じすぎるのはよくない。腹の黒い奴にとっては、葱《ねぎ》を背負った鴨《かも》に見えるだけだ。

おぶんを騙したのは、腰の曲がった老婆である。ぼうぼうの白髪を振り乱し、継ぎだらけの着物に、底の抜けた草履を引っかけ、おぶんの前にあらわれた。

なんでも道端でちんまり膝をつき、物もらいをしていたという。あまりに身なりがみすぼらしく、体も臭ったようで、行き過ぎる人は目も向けずに避けて通ったのだとか。

そこへ、おぶんが通りかかった。

自分と同じ年頃の女が無惨な様をしているのを見て、つい足を止めて身の上話を聞いたという。それが運の尽きだった。白髪の老婆は詐欺師の一味で、騙す相手を探していた。おぶんは自ら罠《わな》に嵌《は》まり、人助けと称して白髪の老婆に扮した騙《かた》りを救うため、借金を背負わされたのだ。

どこまで人がいいのかと思う。

自分の母親でなければ笑っているところだ。そんなもの、騙されるほうも悪いと、誰が聞いても言うだろう。しかし、借金の借用書は本物なのだから、返さないわけにいかない。忠吉の仕事場にあらわれた借金取りも、そう言った。

おぶんは金がないようだから、ここへ来た。いかにもやくざ者といった、人相の悪い男だった。着物の片袖が破れ、腕から血を流していた。忠吉はそのとき初めて、おぶんに借金があると知った。年寄りでは話にならず、息子のところへ押しかけてきたのだ。

畳を編んでいた忠吉が払う義理はないと撥《は》ねつけると、借金取りは仕事場に入ってきて暴れた。作りかけの注文品を蹴散らし、畳床を膝で折り、年配の親方まで恫《どう》喝《かつ》した。

それでやむなく忠吉は借用書を受けとったのである。去り際に、借金取りは片袖が破れているのは茶太郎の仕業《しわざ》だと言った。腕は商売道具なのにどうしてくれると巻き舌で凄《すご》まれた。

仕事を片付けて家に戻り、ひとまず貯めておいた二両を渡した。おぶんは忠吉を見て真っ青になり、床に這いつくばって詫びた。

「あたしは首を括るよ」

おぶんは泣いたが、そうしたところで借金が棒引きになるわけでなし。何とかすると忠吉は請け合い、おかしな気を起こすなとなだめた。が、実際どうにもできず、今日まで無策で過ごしたのである。

いくらか出してやると親方は言ってくれたが、忠吉は固辞《こじ》した。父親の代から世話になっている人をよけいな面倒に巻き込むのが怖くて、仕事も暇をもらった。それが十日前。

一昨日《おととい》、また借金取りがあらわれ、なけなしの一両を毟《むし》っていった。

手許に残っているのはわずかな銭ばかり。仕事を辞めた今、忠吉には夜逃げする道しか残されていなかった。

荷物をまとめるよう告げると、おぶんは頭《こうべ》を垂れた。

「わかったよ」

殊勝《しゅしょう》な声を返し、身の回りのものを風呂敷に包む。

「すまないね、あたしのせいで――」

「言っても詮がねえ」

それより急いで出たほうがいい。めそめそ泣いている暇があるなら、早く出立《しゅったつ》したかった。木戸がしまる前に町を出て、なるべく遠くまで行きたかった。

おぶんを急きたて、戸を閉めた。

幸い月もなく、暗い夜である。隣の家の灯りも消えている。

「行くぜ」

顎をしゃくって促したが、おぶんは動かなかった。

「茶太郎を置いていけないよ」

また、それか。

忠吉が背を押すと、おぶんは腰を落として首を振った。

「あたしはここで茶太郎の帰りを待つ」

意固地《いこじ》に言い張り、戸の前にしゃがみ込む。

「いい加減にしろって」

「お前、一人でお行きよ」

膝を抱え、おぶんは項垂《うなだ》れた。

「餓鬼《がき》か」

舌打ちをして横を向く。

あんな犬、今はどうでもいいだろう。そもそも茶太郎は忠吉の家の飼い犬ではない。おぶんが知り合いの女に押しつけられたのだ。

放っておけばいい。誰か親切な者が見かければ、拾ってくれるはずだと諭すが、

「借金取りはあの子を恨んでいるんだ。残していくわけにいかないよ」

茶太郎はおぶんを庇い、借金取りに嚙みついた。

自分たちだけ夜逃げすれば、ひどい目に遭わされる。借金取りは腕に嚙みついた茶太郎をひどく怒っていたという。鳴き声を聞きつけた近所の者が駆けつけなかっ

たら、蹴り殺していたに違いない。

だから、おぶんは茶太郎が消えたことを案じているのだ。自分が湯屋へ行っている間に借金取りが来て、連れていったと疑っている。自分を助けてくれた健気《けなげ》な犬を残してはとても行けない。気のいいおぶんは、夜逃げする段になってもぐずぐずしていた。

埒《らち》が明かず、忠吉はおぶんを無理やり立たせた。

「茶太郎ならいないぜ」

冷たく言い放つと、おぶんは口を半開きにした。

「連れていけるとでも思ってんのか。夜逃げの邪魔になるから始末したんだ」

「始末って、あんた――」

おぶんの目が夜の川より暗い色になった。

「恨むなら、借金を作った自分を恨むんだな」

母親に対して何という言い様だと、忠吉は自分が嫌になった。可愛い犬が死んだと聞いて悲しんでいるところへ、わざと追い打ちをかけるような真似をして。軽蔑《けいべつ》する気なら、それでいいと忠吉は自棄《やけ》になった。

手を引くと、おぶんはおとなしくついてきた。だらりと力の抜けた手は生ぬるく、乾いていた。

出立した傍から、忠吉はひどく疲れを覚えた。

夕暮れどきに飼い犬を始末し、その晩に家を出た。これほど忙《せわ》しない一日を送ったことはこれまでになかった。明日の朝をどこで迎えるのか、自分でもわからない。下を向いているおぶんが忌々しく、先行きの暗さが恐ろしい。いっそ自分が沈んでしまいたいと思いながら、忠吉は歩いた。

二

戸が開いて、男が二人入ってきた。

「いらっしゃいませ――あら？」

おけいが声をかけると、先頭に立っている男がばつが悪そうに頭を掻いた。

「どうも」

「こんにちは。お元気そうで何よりですけれど――」

笠を小脇に抱えて敷居際に立っているのはこの春、『しん』に来たことのある長《ちょう》二《じ》だった。近松加作《ちかまつかさく》の名でかつて戯作《げさく》を書いていた男で、九年連れ添った妻と別れたところだった。

また来てくれたのは嬉しいが、いったいどうしたのだろう。

長二は『しん』を出た足で大坂《おおさか》へ発ったはずだった。離縁を機に江戸での暮らしに見切りをつけ、ふたたび戯作に挑戦するのだと意気込んでいたのである。

「いや、違《ちゃ》うで」

両手を広げて顔の前で振り、長二が言う。

「何も申しておりませんよ」

さっそく言い訳を始めるものだから、おけいは面食らった。

「けど、不思議に思うてはるんやないですか。なんでまた、この男はここにいるんやと。今まで何してたんや、ひょっとして大坂へ帰る言うたんは出鱈目かと、そう疑ってますやろ」

「いいえ、そんな」

おけいは可笑しくなった。

「またまた。でも、出鱈目やないですよ。俺は本当に発ったんです」

「そうでしょうね」

「話せば長い事情がありまして。ちょいと足止めを喰らってるわけです。いわば、旅の途中ですわ」

　なるほど、とおけいはうなずいた。

「ともかく、中へ入ってくださいな。どんな事情《わけ》があったのか聞かせてくださるのでしょう」

「そりゃあ、もう」

　長二は歯を見せて笑い、敷居をまたいだ。正面の長床几《ながしょうぎ》へ腰を下ろし、着物の衿《えり》をくつろげる。

「おい、そんなところに立ってねえで、入ってこいよ」

　まだ暖簾の下にいる連れに向かい、長二が手招きした。

　男はうつむき、もじもじと手を揉んでいた。よく晴れた夏の陽を背に立っているのだが、佇《たたず》まいは暗い。

　歳は二十七、八だろうか。来年四十の長二より一回りほど若く見える。白くて大きな体は水太りしているようで、しきりに汗をかいていた。

　いつまで経っても入ってこない男に焦《じ》れて、長二が迎えにいった。

「まずは飯。話を聞くのはそれからや」

　店まで腕を引いてきて、自分の隣へ座らせる。

「こいつ、六助《ろくすけ》っていうんです」

長二がおけいを見上げた。

「はじめまして、六助さん」

「こちらはおけいさん。別嬪《べっぴん》やろ」

六助は返事をしなかった。大きな肩を丸め、膝の上で爪をいじっている。

「そう思う、言うてますわ」

おけいを見て、長二がもっともらしい顔をした。

「こいつは口が重い分、顔が正直なんです。知り合ってまだ半日ですが、そうやって話してます」

「いらっしゃいませ。お久し振り」

厨からおしげが出てきた。盆に二つ麦湯の茶碗を載せている。

「おっ」

長二が腰を浮かし、目顔で挨拶した。

「相変わらずお綺麗ですねえ」

「あなたは日に焼けたわね」

「わかります？」

「だって真っ黒だもの。うちの平助といい勝負ですよ。ちらっと聞こえたけれど、旅の途中ですって？　まだ江戸も出ていないのに、ずいぶん歩いたように見えますよ」

麦湯を供しながら、おしげが言った。

「どうぞ。熱いので、お気をつけてくださいね」

おしげは長二と話しつつ、それとなく六助にも笑みを向けた。

「ここは、わたしたち母娘と板前の三人でやっているんです。ご覧の通り小さな店ですから、気兼ねはいりませんよ。献立は壁に貼ってありますけれど、それ以外のものも作れますので、食べたいものがあれば仰ってくださいな」

六助は聞いているのかいないのか、やはり顔を上げない。

「俺は丼飯に味噌汁。あとは、うまい焼き魚が食いたい気分や」

先に長二が答えた。

「味噌汁はうんと熱くしてください」

「あなたは？　長二さんと同じでいいの？」

六助はかぶりを振った。

「違うのね。でしたら、何にいたしましょう」

「――何も」

「え？」

おしげが耳に手を当てて顔を近づけると、六助は身を退《ひ》いた。

「何もいりません」

真っ赤な顔を引き攣らせ、消え入りそうな声でささやく。

「あら、そうなの」

「阿呆《あほ》言いな。ここは飯屋や。そんな言い草があるか。おしげさん、六助にも俺と同じものをください」

「いいの？」

「いりません」

「お腹は空いていないのかしら」

六助は黙っている。

が、今度はかぶりを振らない。決まり悪そうに大きな体を縮め、耳たぶまで赤くしている。どうやら空腹ではあるらしい。

「お代の心配は無用ですよ。この人が払ってくれますからね」

長二の肩に手を載せて、おしげが言う。

「何やて」

話を振られた長二がおどけた声を出した。

「端からそのおつもりでしょう」

おしげに微笑まれ、長二は苦笑いした。むろん、そのつもりで六助を連れてきたのだ。

「ほら。奢《おご》ってくれるそうですよ。安心して召し上がってくださいな」

手持ちのお金がないのかと、おけいは腑に落ちた。

着ているのは、古着屋でよく見かけるような色の褪《さ》めた木綿の着物だが、継ぎが当たっているわけでもなく、雪駄も尋常なものを履いている。が、肩や二の腕のところが塩を吹いていた。着たきり雀なのかもしれない。

世話をしてくれる人がいないのかしらと、詮索がましいことを思う。

生き別れになったきりの、弟の新吉の顔が浮かんだ。

あの子はどうしているだろう。坊っちゃん育ちで、家にいた頃は奉公人が身の回りの世話をしていた。誰かいれば別だが、独り身なら自分で炊事も洗濯もしなければならない。きちんと暮らしていればいいけれど。

何かの拍子に、つい思い出してしまう。

罪を犯し、江戸十里四方払《じゅうりしほうばら》いとなったのだ、仮に赦《ゆる》されていたとしても苦労しているに違いない。働き口もなく、満足に食べていないかもしれない。六助を見ると、どうにも心配を掻き立てられる。

たっぷり食べていただこう——。

おいしいご飯と熱いお味噌汁に、焼きたての魚をつけて。

長二も丼飯を食べたいと言っている。六助にもお腹の皮がはち切れるほど、しっかり詰め込んでもらいたい。子どもじみた願掛けだが、そうすることで、どこかにいる新吉も満腹になれる気がする。

おけいは厨へ行き、平助に注文を伝えた。

「あいよ」

平助は目尻の皺を深くした。長二がふたたび『しん』にやって来たと知り、愉快がっているようだ。

「まだ江戸にいなさったとはね。まったく、何があったんだか」

「お話ししてくださると思うわ」

「掏摸《すり》か騙りだろうな」

「まあ」

勝手な当て推量に、おけいは呆れた。が、平助は平気な顔をしている。

「おけいさんだって、どうせそんなことだろうと思ってるくせに。掏摸と騙りのどっちか賭けるかね」

「止しなさいよ」

小声で制すと、平助は口を尖らせた。

「だったら何だと思うんだい」

「事情は知りませんけど、真っ黒に焼けていなさるわよ」

「へえ。春に来たときは白かったのになあ。かみさんと別れて苦労したんだな」

平助は小皿で出す胡瓜の糠《ぬか》漬けを切りながら、しみじみとつぶやいた。

「もう、そんなことばかり言って。お魚、焦がさないよう気をつけてくださいね」

「心配いらねえよ。おけいさんじゃあるまいし。さ、後は俺がやるから店に戻りな。何があったか聞きたいだろ」

おけいが頬に手を当てると、平助がにやりとした。

「図星かい。顔が赤くなっていなさるぜ」

離縁のせいかどうかはともかく、長二が苦労したのは本当のようだった。

「船頭？」

店では、さっそく長二が話を始めていた。

「そうなんです。いい金になりますから」

「道理で日に焼けているわけね」

おしげが感心すると、長二は袖を捲《まく》って腕を見せた。すっかり黒くなって皮まで剝《む》けている。

「梅雨が明けてから晴れ続きでしょう。あっという間に黒くなりましたよ。体を使うから、おかげで毎晩ぐっすりです」

「戯作はいつ書いてるの」

「仕事の後で、と言いたいところですが、これがなかなか――」

自嘲気味に漏らし、長二はため息をついた。

「舟を漕ぐだけで精一杯かもしれないわね」

「いやはや汗顔《かんがん》の至りで」

「そういう時期もありますよ」

「怠《なま》けてるだけですわ。根が甘くできているんでしょうな。こんなことだから有り金を巻き上げられるんですわ」

長二は笑いながら言い、両手で己の頬を叩いた。

なんでも路上で物もらいをしている老婆を見かけ、つい同情して飯屋へ連れていき、古着も買ってやったという。それで別れるつもりが袖を引かれ、つもる身の上話を聞かされた。

一人息子が悪い仲間にそそのかされ、賭博《とばく》に嵌《は》まり借金を作ってしまった。金を返さないと大変な目に遭わされる。このままでは親子で首を括るしかないと縋《すが》りつかれ、やむなく有り金を渡したのだそうだ。

「よくある騙りの手口やと、すぐに気づいたんやけど。もう後の祭りですわ。俺の渡した金を握って、ほくほく顔をしている婆さんを見たら、取り返す気も失せましてね」

長二は鼻から息を吐き、首を回した。

「どうせ、あの金は別れた女房がくれたもの。俺が稼いだわけでもないと思ったら、却ってすっきりしたんです。まあ、半分は強がりやけど。残りの半分は本当ですわ。金がなくなって始めた船頭の仕事のおかげで、力もつきましたしね。一文無しから始めて自力で大坂へ帰った暁《あかつき》には、面白いもんが書けるんやねえかと、俺なりに張りきってるんです。――嫌だな、おけいさん。感動しないでくださいよ」

こちらに顔を向け、長二が言った。

「違うんです」

「違うんかい」

長二が目を丸くする。

「ごめんなさい、わたしったら」

何を言っているのかと、自分で自分に呆れてしまう。

おけいは新吉のことを思い浮かべていたのだった。あの子もどこかで長二のように逞《たくま》しく生きていてくれたらと。どこでどう暮らしているか知らないが、焦らず、腐らず頑張っていてほしい。長二がふたたび顔を見せてくれたせいか、人と人との縁のつながりを信じたい気持ちになった。

母親のおしげは、おけいが何を考えているのか察しがつくのだろう、神妙な面持ちでうなずいている。ひょっとすると、胸のうちで同じことを思っているのかもしれない。

「飯が炊けやしたぜ」

厨から平助が出てきた。

「何だね、おけいさん。妙な顔して」

「どうも俺の話に感動したみたいで」

「へ？　そいつは掏摸の話かい」

「掏摸？　俺がやられたのは騙りですよ」

「はあ、そっちだったか」

平助は合点した顔で顎を撫でた。

「話せば長くなるんですけどね、何ならもう一度話しますよ」

「いいや、結構。後でおけいさんとおしげさんから聞くさ。しかし、いい色に焼けたな」

「船頭さんなんですって」

おしげが口を挟んだ。

「へーえ、なるほど。黒くなるわけだ。お隣の兄さんもご同業かね」

六助を見て、平助が訊いた。

「こいつは違いますよ」

長二が答えると、六助の肩がぴくりと波打った。

「ふうん。ま、そうだな。ちっとも焼けてねえもんな」

「六助っていうんですよ。たまたま、そこで一緒になりましてね。ちょうど昼どきだから連れてきたんです」

「せっかくいらしたんだもの、たくさん食べてくださいな」

おしげは六助に声をかけ、平助を促して厨へ行った。おけいもついていき、二人のご飯と味噌汁を盆に載せた。

焼き魚は鰯《いわし》だった。こんがりと焼き目がつき、じゅうじゅう脂が音を立てている。丼飯を所望した長二のために、ご飯はたっぷり炊いてあった。一膳目は丼によそい、お代わりをできるよう、お櫃に入れる。

「そっとしておいてあげたほうがいいわね」

店に戻る前、おしげが言った。

六助のことだ。

「わかったわ」

確かにそうだろう。長二が話しているときも、六助はいつ自分に水を向けられるか、びくびくしているふうに見える。

仕事は何をしているのか。独り者なのか。どこに住んでいるのか。

そうした詮索をされるのが怖いのだろう。この店でご飯を食べるお金も持っていないようだから、きっと何かしら事情を抱えているのだと思う。

話したくないなら、黙っていてもいい。

無理をしてお腹の中を晒すことはないのだ。立ち入られたくないことがあるのは、みな同じ。胸の傷を人に明かすのは怖いし、一人で抱えるしかない悩みもある。下手につつけば、お客さんを傷つけるだけ。

『しん』は飯屋。おいしいご飯でお腹を満たしてもらえれば、それで十分。おけいはおしげと一緒に食事を運び、麦湯のお代わりを注いで厨へ戻った。

三

忠吉は足を止めて振り返った。

また、おぶんが遅れている。舌打ちをして空を仰ぐと、日射しの眩しさに目が眩《くら》んだ。

「もう疲れたのか」

これでは先が思いやられる。

歩きはじめて半刻ほどだというのに、おぶんは早くも顎を上げていた。いかにも重い足取りで、ときおり立ち止まっては肩で息をついている。

日頃は家にいて、忠吉の世話をしているだけだから、体が鈍っているのだろう。

歳のせいもある。おまけにこの蒸し暑さだ、五十を過ぎた女が炎天下を歩くのは辛いに決まっている。

それは百も承知だが、今は気遣っている余裕がない。うかうかしていたら、借金取りに追いつかれてしまう。

もとより三日も無駄にしたのだ。

夜逃げした翌朝、おぶんは熱を出した。そのせいで町を出られず、やむなく忠吉は医者の家に泊めてもらった。おかげで野宿せずに済んだが、おぶんの熱が下がるまでの間、忠吉は生きた心地がしなかった。借金取りが家を訪ねてくれば、夜逃げしたとすぐに知れる。

笠を深くかぶっていても、すれ違う者がちらりと目を向けただけで胸がひやりとする。少しでも早く、町から遠ざかりたかった。できれば江戸を出て、誰も自分たちを知らないところまで行ってしまいたい。そうすれば少しは安心できる。それまでは気を緩められなかった。

暑いのか、おぶんは笠を脱いだ。首にかけた手拭いで顔の汗を拭いている。

忠吉は呆れた。こんな往来で立ち止まり、顔を晒すとはいい度胸だ。

借金取りに捕まってもいいと諦めているのだろうか。そういえば、家を出る前も自分が首を括ればいいと言っていた。おぶんには逃げる気がないのかもしれない。いっそ死んで楽になりたいのだ。

「行くぜ」

忠吉が声をかけても、おぶんは返事をしなかった。そっぽを向き、薄い唇を引き結んでいる。これは怒っている顔だと思った。おぶんは犬の茶太郎のことで忠吉に腹を立てているのだ。

舌打ちしそうになり、忠吉はおぶんに背を向けた。

人の気も知らねえで——。

たかが犬じゃないか。いつまでも恨みがましい顔をして、何様のつもりだ。そう叫びたいのを堪え、目をつぶって怒気《どき》が去るのを待った。震えるこぶしを胸に押しつけ、息をゆっくり吐く。

おぶんの借金を抱えて以来、忠吉は短気になった。ちょっとしたことで頭に血が上り、声を荒らげてしまう。

どうすればいい、と一日中それればかり考えている。

畳職人の仕事も家も捨ててきた。真面目にやってきた分、気が抜けたのだと自分では思っていた。もう先行きに何の期待もできない。これからは人目を忍んで、日《ひ》傭《よう》取りの仕事をすることになるだろう。

そう思うと、体の芯から力が抜けるようだ。立ち止まりたいのは忠吉のほうだった。頭も体も疲れていた。こうして急いでいるのは、おぶんを守るためだ。自分のことは後で考えればいい。自暴自棄になりそうな己を、どうにか励まし踏ん張っている。

あと少し行ったら、飯にしようか――。

家を出て以来、満足に食べていない。これから先のことで頭がいっぱいで、腹が空かないのだ。

その昂《たか》ぶりが、今朝も続いていた。

しかし夜が明け、強い日射しに射られながら歩いてきたせいか、これまでの疲れが出てきたようだった。おぶんの足に合わせ、苛々しながら歩いているせいで気も尖っている。

どこかで一休みして、軽く飯を食べたい。おぶんも座らせたほうがいいだろう。いくら笠をかぶっていても、陽の高いうちは暑くて駄目だ。

忠吉は道の先を見通した。

頃合いの店でもあれば入ってもよさそうだが、できればもっと先まで行ってしまいたい。忠吉は賑やかな往来を避け、川沿いの一本道を歩いていた。目につくのは船宿や料亭で、ふらりと入れそうな店が見当たらない。

が、少し先にそれらしい飯屋がありそうだ。手庇《てびさし》を作り、忠吉は渡し場の近くにある建物を眺めた。暖簾が風に揺れている。ここからは看板が見えないが、あれは一膳飯屋ではなかろうか。

「あそこに入るか」

振り返り、おぶんに話しかけたつもりが誰もいなかった。

あれ――。

笠を脱ぎ、手拭いを使っていたはずのおぶんが消えている。首を左右へ巡らしてみたが、それらしい人影はない。

「おっ母さん」

忠吉の声は蝉時雨《せみしぐれ》と川の水音にまぎれた。

どこへ行ったのだろう。内側から心《しん》の臓《ぞう》を叩かれたように、鼓動が速くなった。どっと汗が噴き出し、笠をかぶった頭が熱くなる。忠吉は当《あ》て処《ど》もなく駆けだした。

蝉の声が遠ざかり、自分の吐く息の音ばかり耳に響く。

一瞬目を離した隙に、借金取りにさらわれたか。

手で口を押さえられでもして、どこかへ連れ去られたのではないかと、怖いことばかり頭に浮かぶ。すれ違う人が怪訝そうに振り返ったが、気にしていられなかった。

「お兄さん、どうしたんだい」

切羽詰《せっぱ》まった形相《ぎょうそう》をしているせいか、通りかかった中年女が声を掛けてきた。

「顔が真っ青だよ」

「母親を見ませんでしたか。背丈はこれくらいで、笠をかぶっているんですが」

忠吉は掌を自分の胸につけ、女に訊ねた。

「おっ母さんというと、歳は五十過ぎくらいかね」

「そうです。つい今まで、俺と一緒に歩いていたんですが、急に見えなくなっちまいまして」

「あいにく、それらしい人は見かけていないけど。自身番《じしんばん》に行ってみたらどうだね。おっ母さんの名は――」

盛大に舌打ちして、忠吉は女の話を遮《さえぎ》った。見ていないなら、話しかけてくるなと言いたかった。女は呆気《あっけ》にとられた顔をした。

「何だろうね、人が親切に声をかけてやったのに」

「うるせえな」

忠吉は女を睨みつけた。そんなふうに人を詰《なじ》る自分に驚いたが、発してしまった言葉を取りもどすことはできない。胸に抱えていた鬱々《うつうつ》とした思いが、目の前の親切な女に向けて弾けた。

もう一度舌打ちすると、忠吉は駆け出した。

「何だい、あれ。やくざ者かね」

背中に厭味な声が刺さったが、耳に蓋《ふた》をした。少し前まで堅気《かたぎ》の職人として生きてきた自分が遠ざかるのを感じながら、忠吉は走った。


おぶんが見つかったのは、一刻《いっとき》（二時間）ほど後だった。

さんざん歩きまわり、汗も涸《か》れ果てる頃になり、ふと川原に人影があるのに気づいた。

土手を下り、近づいてみると、果たしておぶんだった。背の高い男が一緒にいる。安堵した途端、どっと暗い怒りで頭が痺れた。

「どうしたんだよ、いったい」

忠吉はいきなり怒鳴りつけた。おぶんは首を捻《ひね》って振り向いたが、慌てる素振りは見せなかった。草むらにぺたりと尻をつけたまま、忠吉を見上げた。

「何とか言ったらどうなんでえ」

おぶんが落ち着き払っているのが癪に障り、忠吉は目を剝いた。

傍らに見知らぬ男がいるのは気になったが、取りつくろうことができなかった。ひとを慌てさせやがってと、勝手に姿を消したおぶんへの腹立ちを抑えられず、息が荒くなった。

誰なのか知らないが、おぶんの隣で涼しい顔をしている男もまた腹立たしかった。歳は忠吉より少し上だろうか。同じように笠をかぶっているが、精悍《せいかん》な顔つきだと一目でわかる。

誰だ、こいつ――。

船頭だろうか。すぐ傍の川岸に舟が舫われている。なぜ、おぶんはこの男と一緒にいるのか。もしや舟に乗って自分だけ逃げるつもりだったのか。ぐるぐると悪いことばかり頭に浮かぶ。

「ごめんよ」

やがて、おぶんがつぶやいた。

「心配したろう、急にいなくなったりして。でも、仕方なかったんだよ」

「どういう意味でえ」

仕方ないとは何だ。

「わかるように言ってくれよ。どれだけ捜したと思ってるんだ」

「声を掛ければよかったんだけどさ。わたしも必死だったもんだから。ほら、見てごらんよ」

おぶんは言いながら、いったん忠吉に背を向け、腕の中のものを前に押し出した。

くうん、と鳴き声がして、茶色い生きものが目に飛び込んできた。

「驚いたかい」

茶太郎だった。おぶんに抱かれて、目をしばしばさせている。

「お前、何で――」

川へ沈めたはずの茶太郎が、なぜここにいるのか。どうして生きているのかと、狐につままれた気分だ。

「川に落ちたところを、この人が助けてくれたんだよ」

目に涙を溜め、おぶんは言った。

「よかったねえ、茶太郎。運の強い子だよ」

おぶんは茶太郎の顔を覗き込み、頬ずりしている。

背の高い男が忠吉を見て、そっと頭を下げた。あのとき川で物音がしたのは、こいつが通りかかったからか。いや、船頭というからには、近くで舟を漕いでいたのかもしれない。

果たして思った通りだった。船頭はその日の仕事を終え、家に戻ろうと川岸へ向かっている途中、溺れかけている茶太郎を見つけたのだそうだ。前肢で必死に水を掻いているところを捕まえ、舟に乗せて水を吐かせた。

「一晩様子を見ましたが、幸い何ともなさそうです」

船頭の言葉使いは丁寧だった。

「ありがとう存じます」

それに釣られたのか、おぶんまでよそゆきの物言いになっている。

忠吉は黙って男を睨んだ。よけいな真似をしやがってと、苦々しい思いを嚙みしめる。おぶんが急に姿を消したのは、船頭が茶太郎を連れているのを見たからだという。

慌てて追いかけてみれば、犬はやはり茶太郎だった。船頭はあいにく独り者で、面倒を見てくれる人がいない。そこでやむなく茶太郎を連れて仕事をしていたのだという。

奇特な野郎だと、忠吉は思った。犬連れの船頭など見たことがない。

この船頭は忠吉が犬を沈めようとしたのを見たはずだ。その詳細をおぶんに話したろうか。それとも気づいていないのか。夕暮れどきで辺りも暗かったから、確証がなくて黙っているとも考えられる。

何にせよ気分が悪かった。忘れてしまいたい罪を改めて白昼のもとに晒され、居たたまれない。

手を伸ばすと、茶太郎は怯えた顔をした。耳をぺたりと横に倒し、ぶるぶる震える。当然ながら、こいつは忠吉にされたことを憶えているのだ。

「茶太郎」

おぶんが異変を察して、茶太郎に声をかけた。

「どうしたんだよ、急に。もう大丈夫だよ」

「俺がいるせいだろ」

忠吉は鼻で笑ったが、おぶんは聞いていなかった。おろおろと茶太郎をなだめ、機嫌を取っている。

「もしよければ、わたしが引き取りましょうか」

船頭が遠慮がちに言った。

「見たところ、お二人は旅人のご様子。犬連れでは宿を見つけるのにも苦労なさるでしょう」

「そんな。ご迷惑でしょうに」

おぶんは忠吉の顔を見た。

「わたしは構いませんよ。珍しいからと、喜んでくださるお客さんもいらっしゃいますし」

「本当に？」

「まあ、大した世話もできませんが」

「だったら、お願いしようか」

おぶんが忠吉の顔を窺った。

「ねえ、茶太郎。あんたもそれでいいね」

腹の白いところをさすりながら、言い聞かせる。

「本当はうちで一生面倒を見てやるつもりだったんだけど、わたしのせいで可哀想なことになってしまって。許しておくれ。みんな、わたしが悪いんだ。ごめんよ」

言いながら興奮してきたのか、おぶんは涙混じりになった。それに応えるつもりか、茶太郎が甘えるように鼻を鳴らし、舌を出しておぶんの顔を舐めた。

「よしよし」

長い茶番だと思いながら、忠吉は醒《さ》めた目でおぶんを眺めた。しおらしく涙をこぼしているものの、結局茶太郎を捨てるのだ。この船頭が親切そうな男だから気が咎《とが》めないだけで、やり口は同じ。忠吉のしたことを責められる立場にない。

そう思ったが、言わなかった。何にせよ茶太郎は生きていたのだ。そのことに、やはりほっとする。

おぶんは茶太郎を船頭に引き渡した。

「では、よろしく頼みます」

「ええ」

茶太郎は船頭を興味深そうに見上げた。着物の裾《すそ》に鼻をくっつけ、くんくん匂いを嗅いでいる。

「元々この子には別の飼い主がいたんです。六助さんというんですけどね。わたしはこの子をその人のおっ母さんから預かったんですよ。自分はもう病気で長くないから、代わりに面倒を見てくれって」

「そうでしたか」

「六助さんはいい大人なんだけど、優しすぎるところがあってね。外で働くのが苦手なんです。それでずっと、おっ母さんが食べさせていたわけ、もういい歳の倅《せがれ》と犬を。でも、自分がいなくなれば、息子と犬が残されるでしょ。それだと両方とも干上がるから、わたしが預かったんですよ」

息子が金に詰まれば、犬と野垂れ死にすることになる。

しかし、六助はもう二十歳《はたち》をとうに過ぎているらしい。話を聞いたときには腑抜けだと思ったが、結局は忠吉のところに来ても同じで、犬は盥回しだ。まったく、六助の母親も見る目がない。

「今度こそ、幸せにおなり」

おぶんは名残《なごり》惜しげに茶太郎を見つめながらつぶやいた後、船頭に頭を下げた。茶太郎は別れを察したのか、くうん、と寂しげな声を出した。

「じゃあ、行こうか」

さっぱりとした調子で言うと、おぶんは踵を返した。茶太郎が鳴くのも無視して、いつにない早足で草むらをかき分け、前のめりに土手を上っていく。忠吉は慌てて追いかけた。

川風にあおられ、茶太郎の声が土手の上まで届く。

「いいのかよ」

おぶんの背に向かって言う。

「もっと名残を惜しんでもよかったんじゃねえのか」

茶太郎はまだ鳴いている。

「いいんだよ」

「けど——」

茶太郎が助かってよかったと、本心では思っている。

親切な船頭が通りかかったおかげで、忠吉は自分まで命拾いした気がしていた。

本当はあんなことをしたくはなかった。

あまり懐《なつ》かなかったとはいえ、同じ家で寝起きして、ときには散歩もしてやった犬だ。死なせたいなどと思うわけがない。仕方ないと思うのは言い訳だと、自分でもわかっている。忠吉は卑怯者だ。自分と母親が助かるために、罪もない生きものを見捨てた。

泣いて済むなら、俺だってそうしてえや——。

いくら未遂に終わったからといって、おぶんは決して許さないだろう。

可愛い茶太郎を手に掛けた忠吉を、鬼畜と嫌悪するはずだ。

構うものか。いくらでも憎めばいい。忠吉自身、己が疎ましくてならないのだから。

「お前は悪くないよ」

背を向けたまま、おぶんが言った。

「ごめんね、わたしのせいでお前に辛いことさせてさ」

暗い声だった。

忠吉が何をしたか、おぶんはわかっているのにだ。それでいて自分のせいだと言う。そんなわけがあるかと思ったが、忠吉は黙っていた。口を開いただけで、無様な嗚咽《おえつ》が漏れそうだ。

おぶんは歩きながら泣いていた。忠吉を追い詰め、非情な男にしたのは自分だと、背を丸めて詫びている。

そんなことねえよ——。

口にはせずとも、腹の中で思う。おぶんが詫びることはない。悪いのは、やはり自分だ。

鼻の奥が熱くなり、忠吉は空を向いて息を吸った。

降るような蟬時雨《しぐれ》が耳一杯に響いている。おぶんの老いて萎《しぼ》んだ背が悲しかった。

借金取りに追われ、人でなしになった忠吉の罪を、おぶんは一緒に抱えようとしている。鼻の奥が熱くなり、ぐっと奥歯を噛んで堪えた。

あの船頭に、もっときちんと礼を言えばよかった。今になり、忠吉は悔やんだ。

茶太郎を引き取ってくれてありがとう、と。頭を下げるべきだった。

俺が言えた義理ではねえけど――。

どうか大事にしてやってほしい。もとは可愛がられていた飼い犬なのだ。不幸になれば六助が悲しむ。

茶太郎のために祈ってから顔を上げると、目の前の景色が急に色づいて見えた。夏の光と風が体中に染みる。この先どうなるか知らないが、おぶんと一緒にどうにか生き延びてみせると忠吉は思った。

四

数日後。

日暮れが近づき、おけいは提灯《ちょうちん》を出しに表へ出た。

「あら」

道の先から手を振っている者がいる。誰かと思えば長二だった。その傍らにもう一人いる。

「またいらしてくださったのね」

つい笑みがこぼれた。

こちらへ向かって歩いてくる二人が、前にあらわれたときより親しそうに見える。長二は六助と肩を組んでいた。黒光りする顔をほころばせている。それに何より、六助が笑っている。

前に『しん』へ来たときにはずっとうつむいていたのに、細い目を糸のようにしてにこにこしているのだ。これには、おけいも感激した。

六助は茶色い犬を連れていた。

つぶらな瞳の人懐っこそうな子だ。歩きながら尻尾を振り、ときおり六助を見上げる。弾むような足取りで、いかにも嬉しくてたまらないといった様子である。

「いらっしゃいませ」

店についた長二と六助を出迎え、おけいは辞儀をした。

「入れますか」

長二が指を二本立てて言う。

「もちろん」

「今日は食いたいもんが決まってるんやな」

傍らの六助を促すように水を向け、顎をしゃくる。

「うん」

六助は小声で相槌を打った。

「あら、何かしら」

「ふ、ふ、ふ……鮒《ふな》を」

口の中でつぶやき、しきりとまばたきする。

「鮒ですね？」

「湯がいて、ぶつ切りにしてもらえれば……」

少々変わった注文だ。

「ま、店の前で立ち話も何やから」

長二が間に入り、如才《じょさい》なく言った。おけいが戸を開けると、物慣れたふうにさっさと入っていく。

残された六助は、縋るような目でおけいを見た。犬を連れているからだろう。

「そこの木に紐をつないだらどうですか」

おけいは店のすぐ手前に植わっている、梅の木を示した。

「いや」

六助は犬の紐をきゅっと握った。

「わんちゃんを、置いてけぼりにしたくないのですね」

おけいが言うと、六助は勢い込んで首を縦に振った。

どうしたものか。

気持ちはわかるが、他にお客さんもいる店に犬を入れてはやれない。かといって、気候のいいときならともかく、蒸し暑い夏の盛り、それも日も陰って藪蚊が飛んでいるところへ、六助と犬を座らせるのも酷な話。

「うん？　どうしたんだい」

店から平助が顔を出した。

「いつまで経っても入ってこねえから、呼びにきたんだよ。鮒が食いたいんだろ。――おっ」

平助は犬に目を留め、声を上げた。

「利口そうな面構えだ。兄さんの子かい」

こくり、と六助がうなずく。

「へえ。もしや、鮒はその子が食うのかね」

ぱっと六助が小さな目を瞠《みは》った。

「そうか。だから湯がくんだな」

「は、は……はい」

「よし、わかった。じゃあ、裏口から回りな。厨の外に茣蓙を敷いてやるから、そこで一緒に食えばいい」

六助はあばたの残る頬を紅潮させ、幾度もうなずいた。

そういうこと――。

変わった注文だと思ったら、犬のためだったのか。

おけいは六助と犬の後について、自分も裏口に回った。平助が茣蓙を持ってきた。おけいが手伝って広げると、犬がさっそく乗ってきた。

「座りな」

平助が言っても、六助は遠慮して動こうとしなかった。

「座れって。見な、弟分が鼻を鳴らしてるぜ。こいつは早く隣に来てほしいってえ顔だろ」

犬は鼻面を上げ、ぴいぴい鳴いていた。六助はそれを見てやっと心を決めたらしく、おずおずと雪駄を脱いだ。足が汚れているのを気にしているのか、茣蓙をなるべく踏まないよう爪先だって犬の脇に行き、ぎくしゃくと正座する。

「そんな畏《かしこ》まらなくていいぜ」

平助が顔の前で手を振っても、六助は姿勢を崩さなかった。犬はお座りの姿勢で舌を出している。

「お水をお持ちしますね」

裏口から厨に入り、おけいは丼に水を入れた。それを外にいる犬の前に置くと、六助は斜め前に傾《かし》いだ。頭を下げたつもりだろう。

「あ、あ、あ——りがとうございます」

犬はさっそく水を飲んだ。丼へ顔を突っ込み、ぴちゃぴちゃと舌を鳴らしている。これだけ暑い日だから、さぞや喉が渇いていたのだろう。六助は口許を緩めて犬を眺めた。自分まで喉が潤ったみたいな顔をしている。

六助が背を撫でると、犬は丼から顔を上げた。目を細めて鼻を鳴らし、ふたたび水を飲む。おいしい、と顔中で言っているのがわかった。六助が同じ顔をして口許を緩めている。

眺めているだけで、胸がいっぱいになる光景だった。

「今、麦湯も運んできますから」

おけいはそっと厨へ戻り、湯を沸かした。

鮒、と言った六助の声を耳に呼び戻すと、何だか切なくなる。

いかにも人と話すのが苦手そうな人が、犬のためには口を開いた。顔中に玉の汗を浮かべ、自分だって喉が渇いているだろうに、おけいが運んだ麦湯も飲まずに、飼い犬が水を飲むのを見守っている。

おかずは何がいいかと訊いても、六助はまともに返事をしないだろう。また「鮒」と言うかもしれない。この人は自分より、よほど犬を大事にしている。六助の顔が雄弁に語っている。

そっとしておこうと、おけいは六助と犬の傍から離れた。

厨から店に行くと、長二が喉を鳴らして麦湯を飲んでいた。茄子の浅漬けの小皿もある。おしげが出したようだ。

「どうですかい」

六助のことだ。犬と一緒に裏へ回ったことは、おしげから聞いたようだ。

「仲良く喉を潤していますよ」

おけいはにっこり笑った。

「そいつはよかった。これでやっと、六助も楽々と飯が食える」

「先にいらしたときは、あまり食も進まないようでしたものね」

おしげが長二に言う。

「あなたも一安心でしょう。ずいぶん心配なさっていたようですもの」

「いや、俺は別に」

長二は照れたように鼻の下をこすった。

「知り合って間もないようだけれど、仲がいいのね」

「俺が勝手に連れ回しているだけですわ。どうにも気になって、余計なお節介《せっかい》をしたものの、却って迷惑やないかと心配だったくらいで。あいつ、何も言わへんから。けど、見つかってよかったわ」

「外で一緒にいる、あの子のことね」

おしげの言葉に長二がうなずく。

「よほど大事な犬なんやと思いますわ」

「ねえ」

と、おしげが相槌を打つ。

その通りなのだろう。前に店へ来たときとは、顔つきがまるで違う。可愛がっている犬と一緒になり、安堵したのだ。

「初めて見たときはちょっとおかしかったんです。放っておいたら、身投げするんやないかと思ったくらいで」

と、長二は話し出した。

三日前のことだ。

夕暮れどきだった。六助は土手沿いの道を歩いていた。空には茜《あかね》色の陽がわずかに残っていたが、足下にはもう薄闇が溜まりはじめていたそうだ。

その日の仕事を終えた長二が舟を舫い、岸へ上がってきたとき、視界の端を人影がよぎった。何気なく目を向けると、六助が勢いよく土手を駆け下りてきたそうだ。

今にも転びそうな、危なっかしい足取りだったという。

けったいな奴や、そう思って眺めていると、六助は駆けてきた足で川へ飛び込もうとした。

「おい！」

驚いた長二は泡を食い、六助を羽交い締めにした。何のつもりだ、まさか死ぬ気なのかと訊ねると、六助は口の奥で唸った。

「何やて？」

六助の声はくぐもっており、訊き返すと、岩のように押し黙ってしまった。六助は虚《うつ》ろな目をして向こう岸を眺め、長二の顔も見ようとしなかった。

もう辺りは暗く、目の前の景色は薄闇に溶けていた。

そのときはそれきり別れた。長二が名や住まいを訊いても、六助は取りつく島もなかった。腕を振りほどき、とぼとぼと帰っていった。

無愛想にも程があると、長二は呆れた。いい歳をした大人だろうに、話しかけてもろくに返事もしない。まあいい。ともかく川へ飛び込むのは止めたのだからと、後ろ姿を見送った。

そうしたら、翌日また出会ったのである。

六助は性懲《しょうこ》りもなく川縁にいた。前日と同じように、今も虚ろな目で川を眺めている。

長二は舟を岸につけ、六助のもとへ歩いていった。逃げられないよう腕を摑《つか》んでから声をかけた。

傍によると、六助の着物からは汗が匂った。朝早くからうろつき回っているのかもしれなかった。

長二は六助を舟に乗せ、事情を訊いた。一度ならず二度も会ったとなれば放っておけない。六助は下を向き、しばらく黙していたが、粘り強く訊くと、つっかえつつ名を答えた。

大事な友だちを捜している。

この間、川にいるのを見かけた。生きていると知って涙が出た。ここに来れば、また会えると信じている。今日は見つからなかったが諦める気はない。

六助は汗をかきかき打ち明けたという。

それで飯を奢《おご》る気になったのだ。自分は長二で、昔は戯作者をしていたと話した。三つ上の女房がいたが離縁し、生まれ故郷の大坂へ戻るところだ、とも。帰ろうと決めたのは春で、本当ならもう着いているはずが、騙りにあって有り金をなくし、まだ出立できていない。

そんな身の上話をしているうちに、六助を『しん』に連れていこうと思いついた。あの店でうまい飯を食わせ、おしげやおけいに話を聞いてもらえば、少しは元気になると期待したのだ。

が、駄目だった。六助は『しん』でも心を開かなかった。

何日も満足に食べていないような顔をしているくせに、浮かない顔でぼそぼそと食い、丼飯を残した。

しかし、店を出た後、六助は初めて長二の顔を見て頭を下げた。礼のつもりだろう。そうか、まったく無愛想なわけでもないのかと思って笑い返すと、目を逸《そ》らされたが、それでも嬉しかった。

「お前、この後どこへ行く気や」

同じ長床几に座って、同じものを食べた。もう自分たちは友だちだ。少なくとも長二のほうはそのつもりでいる。一緒に捜してやると持ちかけたが、六助は首を縦に振らなかった。

この春まで、長二も独りだった。女房はいても気持ちは通っておらず、小馬鹿にされる日々に倦《う》んでいた。誰だって、そういうことがあるのだと自分にはわかる。だから六助を助けたかった。

「何もしてやれねえけど、飯くらい奢ってやれますからね。一緒にうまいものを食って、愚痴も聞ける」

「そうね」

捜しているのが犬だとわかったのは、見つけた後だった。

内心驚いたが、それで長二の申し出を断ったのかと腑に落ちた。犬が友だちだと言えば馬鹿にされて笑われる。そう思って、六助は一人で捜すと意地を張っていたのだ。

長二は笑わなかった。むしろ、早く言えと思った。四十を前に戯作者へ返り咲こうという男が、そんなことで人を馬鹿にするわけがない。

六助は母親と二人暮らしだった。

飼い犬の名は茶太郎。近所で捨てられていたのを見つけて拾い、六助が乳飲《ちの》み子のときから育てていたという。しかし、あるとき母親が勝手に知り合いにくれてしまった。

どこの家にやったと言わないまま、母親は病気で逝った。六助は子どもの頃から極度の人見知りで、うまく喋《しゃべ》れなかった。家で簡単な内職をしているものの、食べていくだけの稼ぎはない。

母親が生きていた頃から、六助の家は貧しかった。犬どころか、親子が食べていくのも大変だった。自分が死ねば六助は食べるのにも困る。それでもこの子は、自分は空腹を堪《こら》え、犬に食べさせようとするのではないか。そう危惧《きぐ》したのだろうと、長二は言った。

確かに、六助を見ているとそんな気がする。

自分は何も食べず、犬のために鮒を注文した人だ。一切れしか魚がなければ、犬にやってしまうだろう。

母親亡き後、六助がどう過ごしていたのか。長二も聞いていないらしい。ひょっとすると、住んでいた家を追い出されたのかもしれない。

町をうろついていたときに、川で茶太郎を見た。

遠目だったが、間違いない。それで六助は矢も楯《たて》もたまらず、土手を駆け下り、川へ飛び込んだのだ。それが三日前のこと。

そのときは見失ったが、今日また舟に乗っている茶太郎を見かけた。

長二は仕事中だった。

「六助の奴、大きな声で叫んでましてね」

お客を乗せて舟を漕いでいた長二は、その声に気づいて振り向いた。果たして、六助は両手を口に当て、茶太郎の名を呼んでいた。その目の先を辿《たど》ると、深く笠をかぶった船頭の舟に犬が乗っていた。

姿のいい、三十過ぎの男だそうだ。船頭は舟を岸につけた。六助は転がるように駆けてきて、茶太郎に抱きついた。

「詳しいいきさつは知りませんが、その船頭が六助の飼い犬を連れていたわけです。俺がお客を降ろした後、舟を寄せて駆けつけたときには、もう話がついてました。

六助は犬を抱いて泣いてましたよ」

「その船頭さんが、六助さんのおっ母さんのお知り合いだったのかしら」

おしげが首を傾げる。

「どうでしょう。そいつは何とも」

「長二さんとその船頭さんは顔見知りではないのね」

「初めて見る顔でした。ま、俺のほうが新顔かもしれへんけど。これがいい男でねえ。またどこかで会ったら、挨拶しようと思いますわ」

「ええ」

「名は訊きましたよ。新市《しんいち》、いうらしい」

どこかで耳にしたような、と思った。

誰だったかしらと考えていると、おしげが袖を引いた。

「なあに」

目顔で問うと、おしげは怖い顔をした。

鈍い子ね、と言いたげな面持ちをして、横目でこちらを睨む。

「どうしました？」

「いえ、何にも。それで、新市さんはどこに住んでる方なの」

おしげに真顔で問われ、長二は少しとまどったふうに目をしばたたいた。

「訊いてませんわ。俺が行ったときには、その船頭は仕事に戻るところでしてね。新市、いうのも、後から六助に聞いたんです」

「そう……」

おしげは一瞬、顔に落胆した色を浮かべたが、すぐに気を取り直したようだった。空になった長二の茶碗に麦湯のお代わりを注いだ。

去年の冬、この店を訪れた学者夫婦を舟に乗せた船頭の名も新市だったと、後になっておけいは思い出した。やはり歳は三十を少し出たくらいで、背が高く姿勢のいい男だという話だった。

年格好と名が似通っているものだから、おしげがひょっとして新吉ではないかと思ったのだ。その船頭の名がまた出てきた。

姿かたちや年格好の似通った者は大勢いる。新市もその一人かもしれない。たまたま名の響きも近いから、勝手に期待しているだけで。おそらく、そうだと思う。

おけいは腕を後ろに回し、おしげの腰を支えた。端整な横顔に動揺の色は窺えないが、足下がふらついている。

おしげがこちらを見た。お願い、と目顔で託され、おけいは裏庭へ行った。

六助は茶太郎に腕を回した姿勢でうとうとしていた。口を半開きにして、軽い鼾をかいている。

「ねえ」

声をかけると、六助はゆっくり目を開けた。

「この子を連れていた人のことを教えてくれる？」

訊ねると、六助はわずかに怯えた顔になった。茶太郎を抱く手に力がこもる。

「新市さん――、船頭さんとはお知り合いなの？」

六助は首を横に振った。

「じゃあ、今日初めて会ったのね」

上目遣《うわめづか》いにうなずく。

「どこで知り合ったの」

「か、川で」

「この近くかしら」

「ち、茶太郎を連れていたから、お、追っかけた」

喋るのが得意ではないようで、六助は話している途中で何度もつっかえた。口の端に泡を溜め、必死な形相をしている。

「……おいらの犬だ」

六助はおけいを睨んだ。

「誰にも渡さねえ。お、おいらが一生面倒見るって、き、決めてるんだ。なのに、お、おっ母さんが」

ふいに暗い目をして、六助はうつむいた。引き攣《つ》った顔に怒りがよぎる。長二の話によると、六助の母親が犬を知り合いに渡したという話だった。それが新市という船頭なのかどうか。六助に訊ねても、わからないそうだ。

飼い主が虐められていると思ったのか、茶太郎が低い声で唸った。

「ごめんなさいね、問いつめるつもりはないのよ」

六助から新吉の正体を探るのは難しそうだ。そもそも今日が初対面だというのだから。同業の長二も知らないようだが、同じ川で仕事をしているなら、いずれまた出くわすこともあるだろう。もし見かけたら、この店へ連れてきてくれるよう頼んでおこうか。

縁があれば、きっといずれ会える。

おけいは気を取り直し、六助に笑いかけた。

「本当によく懐いているのね」

茶太郎は六助に身を寄せ、顔をこすりつけている。再会できて嬉しくてたまらないのだ。

「その子が赤ちゃんのときから飼ってるんですって？」

六助は目を逸らし、返事をしなかった。

「違ったらごめんなさい。そう長二さんから聞いたのよ」

どこかに食い違いがあったかと、おけいはうろたえた。六助は頑《かたく》なに口を閉じ、そっぽを向いている。

話の接《つ》ぎ穂《ほ》に困り、おけいは汗をかいた。どうも失礼なことを言ったようだが、何と謝ればいいのだろう。

「仲間なんだろ」

厨から平助が出てきた。鮒のぶつ切りを入れた平皿を手にしている。

「……………」

「主従の間柄じゃねえ。そう言いたいんだな」

六助は顔を輝かした。

「兄弟みたいなもんか」

平助は丼を六助に渡した。

「ほらよ、自分で食わしてやれ」

鮒は骨を抜き、犬の口にも食べやすい大きさに切り分けてある。六助は辞儀をして平助から平皿を受けとり、茶太郎の前に置いた。

ふんふんと匂いを嗅いでから、鮒を食べる。ほとんど丸呑みして、もう一切れ。茶太郎は夢中になって皿に鼻を突っ込んでいる。

「うまいか？」

優しい声音《こわね》で六助が訊ねると、茶太郎は顔を上げた。

「もっと食え」

六助が優しく語りかけると、茶太郎は再び皿に鼻を突っ込んだ。勢いよく咀嚼《そしやく》しながら、ときおり確かめるように顔を上げ、六助と目を合わせる。そのたびに嬉しげに身を震わせ、切ない鼻声で鳴く。

やがて鮒を平らげると、茶太郎は六助の膝に顎をのせた。満足そうに息を吐き、目を閉じる。

「兄ちゃんも腹が空いてるだろ」

「い、いえ」

「待ってな。今、握り飯を作ってきてやる」

「あ、あの、本当にいりません」

厨へ戻ろうとする平助を、六助が上ずった声で制した。

「こんな暑い日に痩せ我慢すると、目を回すぜ」

「平気です」

「遠慮すんな。食った分、後で手伝ってもらうから」

「手伝い？」

六助が鸚鵡《おうむ》返しに叫び、ぶるぶると首を振った。

「お、おいらには無理だ」

「何もやってねえうちから、とぼけたことを言いやがる」

六助が首をすくめた。

「――おいらは馬鹿だから」

「へ？」

「だから、何もできねえ。め、迷惑をかけるだけです」

平助は腰を屈め、六助の肩をぽんぽんと叩いた。

「誰かにそう言われたのか」

六助は口を閉ざした。萎縮《いしゅく》したように頭を垂れている。

もしかして、とおけいは思った。

言ったのは六助の母親かもしれない。

婚家にいた頃のことを思い出す。おけいも姑に似たような陰口を叩かれていた。商家で育った割に気が利かないと、奉公人相手に悪口を言っていたのを何度か耳にしたのを今でも憶えている。

そういうふうだから、弟の新吉が事件を起こしたとき、即離縁されたのだ。あの家にいた頃のおけいは、今の六助と同じように首をすくめていた。居たたまれなくて、下を向いてばかりだった。

「おにぎりの具は何にしましょうか」

六助が振り向いた。

「梅干しでも鮭でも、おかかでも、お好きなものをおっしゃってくださいな」

笑いかけると、さっと目を逸らす。恥ずかしがり屋なのだろう。嫌がっているわけではないと信じて、先を続けた。

「しっかり食べないと。弟分が心配しますよ」

茶太郎が目を開け、六助を見ている。

「ほらね」

まるで言葉が通じているみたいに、茶太郎が首を伸ばした。濡れた黒いまなこを瞠り、鼻面を六助の衿にこすりつける。平助が言った通り、仲間なのだ。茶太郎は背伸びをして六助の顔を舐めまわしている。

「手伝ってくださるのでしょう。まずはおにぎりで力をつけないとね。こう見えて、この人は人使いが荒いから」

六助がおずおずと平助を見た。

「やってくれるか」

「……………」

「軒が詰まって困ってたんだよ。俺じゃ手が届かねえんだ。兄ちゃんは背丈があるから、ちょいとやってくれると助かる」

平助が笑いかけると、六助はふたたび首を横に振りかけた。

「助けてくれって」

もう一度、平助は頼んだ。皺だらけの両手を合わせて六助を見る。

「わかりました」

「よし、頼むぜ」

もう一度、肩をぱしんと叩いて、平助は厨に戻っていった。

「ありがとう」

おけいが言うと、六助は顔を赤らめた。

「喉が渇いたでしょう。麦湯を持ってくるわね」

「はい」

「そうだ。おにぎりの具は何になさる？」

「——おかか」

今度は答えてくれた。

「おかかね。醬油と混ぜて全体にまぶしましょうか。そこに白胡麻を振ってもおいしいわよ」

おけいが言うと、ぱっと六助が破顔した。

好みが当たったのだ。おかかと醬油のおにぎりはこの家でもよく食べる。味醂《みりん》とお酒も加え、軽く炙ると香ばしくておいしい。ご飯は硬めと柔らかめのどちらがいいか訊いていないが、そのうち訊ねる機会もあるだろう。

これまで六助がどんな目に遭ってきたのかわからない。

家がどこにあるのか、母親亡き後、どう過ごしてきたのか、知りたいことがたくさんある。橋場の渡しに店を開いてから、数々のお客が『しん』を訪れたが、手伝いを頼んだのは初めてだ。店にいるときの六助の佇まいを見て、平助は放っておけなくなったのだと思う。長二と同じだ。

厨に入ると、おけいは平助に言った。

「おかかですって」

「あいよ」

「醤油で味をつけて、ご飯全体にまぶしてくださいな」

「白胡麻も振るんだろ」

「ええ。いつもみたいに軽く炙ってから、大きめに握ってくださいね。だとしても、一つじゃ足りないわ。二つか三つ作ってもらえるかしら」

「おうよ」

平助が愛想よく応じる。

「味噌汁もつけておあげなさいよ」

おしげが店から顔を出した。

「汗をかくと塩気が抜けますからね。少し濃い目に味をつけたらどうかしら」

「わかってらあ。何でえ、母娘揃って注文が細けえな」

不満そうに口を尖らせた平助を見て、おけいは笑った。おしげも目許をほころばせている。

店でおしげが、長二に六助の話をしているのが聞こえた。自分もおかかおにぎりを食べたいと言っている。厨まで漏れてくる声に張りがあった。これで長二も船頭の仕事に戻れる。おけいも安心した。長二は大坂へ帰る途中だ。早くお金を貯め、発たせてやりたい。

仲間か、と思った。

昔馴染みとは疎遠になってしまったけれど、おけいも今は温かい人たちに囲まれている。生きている限り、そうした誰かに出会えるのだ。

「できたぜ」

平助の作った大きなおにぎりを皿に載せ、おけいは裏口から外に出た。

木漏れ日を浴びながら、六助と茶太郎が何事か語らっている。ついさっきまで暗い目をして、頑なに注文を拒んでいた人とは思えない。どんな話をしているのか、六助は茶太郎の顔を両手で包み、楽しげに肩を揺らしていた。

茶太郎は両目を細め、にっと口を開けて六助を見上げている。

犬も笑うのだと、おけいは初めて知った。

第四話　不孝者

一

その若者が訪れたのは、夏も終わりに差しかかった頃だった。

油蟬《あぶらぜみ》は相変わらず鳴いているが、空は少し高くなっている。店の戸が開いたとき、若者は昼下がりの濃い光をまとっていた。

せいぜい十四か五といった年頃の、ひょろりとした体つきの若者である。腰に刀を帯び、袴《はかま》を穿《は》いた姿が晩夏の日射しに映えて初々しい。

「いらっしゃいませ」

おけいが声をかけると、若者はぺこりと辞儀をしてから敷居をまたいだ。顔つきがいささか硬く見えるのは、こうした一膳飯屋に入るのが慣れていないせいかもしれない。

そう思ったのだが、違った。

「お久し振りです」

若者は爽やかな声音で言い、おけいを見た。

「皆さん、お変わりありませんか」

おけいがとまどっていると、若者はさらに続けた。

「五年前、母と二人で訪れた者です。当時は十歳でした」

「――ああ」

おけいが手を叩くと、若者が照れを滲《にじ》ませて笑う。

「思い出していただけましたか」

「ええ、ええ」

すぐにわからなかったのは、それだけ若者が変わったからだ。

が、言われてみれば面影《おもかげ》がある。

あの頃と比べてずいぶん背丈が伸び、顔つきも大人びているが、涼しげな目許は
そのままだ。若者は五年前に『しん』に来たお客だった。

あの日もちょうど今時分の季節だった。残暑がきつく、蝉の声もやかましかった。

母親は瓜実顔《うりざね》でほっそりとした、静かな人だった。

おそらく歳はおけいと同じくらい、当時は三十を出たばかりに見えた。優しげな笑みを浮かべ、まだ子どもだった若者と話していたのを憶えている。

ちょうど昼の書き入れ時を過ぎ、店は空いていた。若者は小脇に笠を抱え、草鞋《わらじ》がけで旅の身なりをしていた。背には風呂敷包みを括りつけ、日向《ひなた》の匂いをさせている。日盛《ひざか》りの道を長く歩いてきたのだと思われた。

おけいは正面の長床几へ若者を案内し、麦湯を出した。

「どうぞ。お熱いので気をつけてくださいね」

「いただきます」

若者は素直に応じ、さっそく茶碗へ手を伸ばした。湯気を吹いてから口をつけ、にこりと白い歯を見せる。頰にはいくつか吹き出物があり、額には脂《あぶら》が浮いていた。

「香ばしくてうまいですね。道中ずっと喉が渇いていたのです。おかげで生き返りました」

「冷たいお水のほうがよかったかしら」

おけいが言うと、若者は小さくかぶりを振った。

「熱いお茶のほうがありがたいです。生水を飲み過ぎると、却って喉が渇きますから」

「今日はお一人でいらっしゃいますか」

「はい」

しっかりとした口振りで若者がうなずいたとき、厨からおしげが出てきた。

「あら、いらっしゃいませ」

おしげが来るのに合わせて、若者は腰を上げた。面映《おもは》ゆそうな顔で辞儀をしてから、おもむろに口を開く。

「こんにちは。お元気そうで何よりです」

「ま、ひょっとして」

「憶えていらっしゃいますか」

「もちろんですとも。何年か前に、お母さまとお二人でいらしたお武家さまでしょう。確かお名前は――」

「小倉《おぐら》健志郎《けんしろう》です」

「そうでしたわね」

おしげは懐かしげな面持ちでつぶやき、あらためて健志郎を眺めた。目尻に皺を寄せ、孫息子を前にした祖母のような顔をしている。

「ご立派になられて。それにしても大きくなられましたね。前にいらしたときは、わたしと同じくらいの背丈でしたのに。ねえ、おけい」

「ええ、本当に」

思い出してしまえば、昔の面影がありありと窺える。

五年前の健志郎は、ほんの子どもだった。武家の子らしく姿勢はよかったが、顔つきはあどけなく、肌もつるりとしていた。それが今では輪郭もしっかりとして、顎にも産毛のような髭《ひげ》がうっすら生えている。

「そんなに見られると、照れますね」

おまけに声変わりもしていた。五年経つと、子どもはこうも成長するのかとあらためて驚く。

「ごめんなさいね。懐かしくて、つい」

おけいは言い、頬に手を当てた。

つい生き別れの息子佐太郎を思い出し、感傷的になってしまった。相手はお客だと、気を取り直して言う。

「お腹が空いていませんか。何か召し上がります？」

「はい」

健志郎は相槌を打つと、あらたまった顔になった。

「ですが、本日は客として参ったのではございません。平助さんにお願いがあって伺いました」

「うちの平助に？」

不思議に思ったのか、おしげが訊き返した。

「さようです」

真剣な面持ちで健志郎が首肯《しゅこう》する。

「お二人にも一緒に聞いていただきたいお話があります」

「かしこまりました。おけい、平助を呼んでいらっしゃい」

いったい何の話だろう。

首を傾げながら厨へ行き、平助を連れてきた。

「やあ、男前におなりになって」

健志郎を見るなり、平助は眩しそうに目を細めた。はは、と健志郎は快活な笑い声を立てる。

「平助さんこそ。息災《そくさい》でいらっしゃるようで何よりです」

「元気が唯一の取り柄でございますからね。おかげさまで、女将と若女将共々変わりなくやっております」

平助は健志郎を見上げた。若者でも健志郎は侍。いつになくしゃちほこばった様子をしている。

「と申しましても、ご覧の通り爺ですから、多少は体にがたも来ていますがね」

「それは心配です。どこかお悪いのですか」

気遣われ、平助は破顔した。

「なに、平気でございますよ。歳をとっただけで、特に悪いところはありません。急に歳を取ったわけじゃありませんから。歳の割にはピンシャンしております」

皺顔の前で手を振りつつ言う。

「ところで、俺に何か話がおありだそうですが」

「はい」

水を向けられ、健志郎が居住まいを正した。

「実は、弟子にしていただきたいのです」

「へ？　弟子って俺の、ですかい」

人差し指で顔を指しながら、平助がつぶやく。

「はい。料理を教えていただきたいのです」

「それはまた」

「ご迷惑でなければ、こちらの店で厄介になりたいと思っております」

「何ともまあ、たまげたこった」

意外な申し出に平助が呆然とつぶやいた。ぽかんと口を開け、健志郎の顔を穴が空くほど眺めている。

おけいは思わず、おしげと顔を見合わせた。

まあ――。

まさか健志郎の口からそんなことが飛び出すとは、夢にも思わなかった。平助の弟子になり、この店で厄介になりたいとはどういう意味だろう。住み込みをしたいと、つまりそういうことか。

一番早く落ち着きを取りもどしたのは、おしげである。

「さあさあ、二人とも」

手を打ち鳴らして言い、おけいと平助を目顔で窘《たしな》める。

「そんな鳩が豆鉄砲を食ったような顔をしないの。ともかく、ゆっくりお話を伺いましょう」

ひとまずお客が入ってこないよう暖簾を下ろし、自分たちの分のお茶を淹れた。健志郎と向かい合う格好で、店に入って右の長床几に、平助とおしげが並んで腰をかけている。

「何か事情《わけ》がありなさるのですか」

平助が真面目くさった顔で言った。

「料理で身を立てたいのです」

「するってえと、あれですかい。お殿様にお出しする料理を作るお役目につきたいとか」

「いえ」

「じゃあ――」

「故《ゆえ》あって家を出ることにしたのです。わたしは長男ですが、じきに妹か弟が生まれますので、跡継ぎの心配はありませんから」

健志郎は堂々とした態度で語った。決意の固さを示すように膝の上で軽く拳《こぶし》を握り、体を平助に向けている。

「侍の身分を捨てるのかね」

「そのつもりです」

「勿体《もったい》ねえと思いますぜ」

平助が分別《ふんべつ》くさいことを説く。

「板前は立派な仕事です」

しかし、健志郎は譲らない。

「生半可《なまはんか》な気持ちで出てきたのではありません。考えた上で決めたのです。どうか弟子にしてくださいませんか」

健志郎は頭を下げた。

「おいおい、止してくださいよ」

慌てた平助が腰を上げ、健志郎の傍へ行った。困り顔で太息を吐く。

「つたく、酔狂《すいきょう》なお人だ。こんな爺に頭を下げるなんてよ」

「駄目ですか」

「さてな」

平助は白髪頭をかいた。

「俺はこれまで弟子なんざ、一人もとったことがねえから」

「そこを伏してお願いいたします。決して弱音は吐きません」

健志郎が粘って食いついた。頭は下げたままだ。

しばし沈黙が続いた。

聞こえるのは、窓から入る川のせせらぎの音と蟬の声だけ。息をするのも気が張るような雰囲気の中、やがて平助が言った。

「お考え直す気はない、と」

「ございません」

「しかし世間には、俺よりいい料理人がいくらでもおりますよ。本当にいいんですかい。後で悔やんでも遅いですぜ」

健志郎はまだ伏している。

「うん？　どうした。ご不満かね」

とぼけ顔で平助が顎を突き出す。健志郎が頭を上げた。

「だったら別の板前を当たったほうがいい。俺は今も言った通り、弟子をとったことがねえんだ。がさつで口も悪いから、腹の立つこともあるはずだよ。それでも、いいかね」

「はい」

健志郎は頰を紅潮させ、大きく首肯した。

「どうぞ、ご指南ください」

「わかりやしたよ」

何とも気の抜けた調子だったが、平助は了承した。

「言っておくが、下働きからだ。魚河岸《うおがし》へ行くときの荷物持ちから始めてもらう。それで音《ね》を上げるようなら、お家へ帰んなさい」

「音は上げません」

「よし」

平助は健志郎の背をぱしんと叩いた。

本当に大丈夫かしら――。

当人は親に断ったと言うが、健志郎は武家の子だ。町人に弟子入りなどして後悔しないか。まだ十五なのだ。

おけいの頭には、五年前に店へ来た、健志郎と母親の姿が浮かんでいる。

二人は仲睦まじい様子で店に来て、小上がりで食事をしていった。武家のお客が珍しいのと、健志郎が十ばかりの男の子で、生き別れになった佐太郎と似た年回りだったこともあり、よく憶えている。

健志郎の弟か妹が家の跡を継ぐというが、それでいいのか。つまり、あのとき店に来た母親が身籠もっているということだ。

　武家の事情には疎《うと》いけれど、十五の長男がいるのに、これから生まれてくる子を跡取りに据えるだろうか。家で何かしら揉め事でもあるのかもしれない。果たして父親は何と言っているのか。訊ねたいことがいくつも出てくる。

　とはいえ、若い働き手が増えるのはありがたい。平助は還暦。いくらピンシャンしているとはいえ、あまり無理はさせたくない。

　いずれ平助とも相談して、板前の仕事を手伝ってくれる人を探したほうがいいと思っていた。おしげも同じ考えのはず。三人で切り盛りする店の居心地がよくて、先延ばしにしていたけれど、避けては通れない話だから。

　肝心の平助は、いつものごとく飄々《ひょうひょう》としている。

　弟子をとったことがないと、慎重な物言いをしたけれど、門を叩いてきた若者をどこか面白がっているみたいだ。おけいより肝が据わっている人だけに、何かしら腹案があるのかもしれない。

「ま、ともかく」

　おしげが華やかな声を上げた。

「話が決まったようだから、食事にしましょうか。健志郎さん、お腹が空いているでしょうからね」

「はい」

「だったら、さっそく俺と一緒に厨へ入りな」

平助が言うと、健志郎はすかさず立ち上がった。袂に手を入れて取り出した紐で、さっと襷掛けをして厨へついていく。身支度のよさが頼もしかった。

突然のことで驚いたけれど、ともかく新しい風が吹いたのだ。

「賑やかになるわね」

おしげも面白そうに笑っている。

そんなわけで、この日から『しん』に新入りが増えた。

二

数日後。

朝のうちに馴染み客のおちかが訪ねてきた。

「おはようございます」

敷居際の向こうから小さな顔を覗かせ、とまどった足取りで中へ入ってくる。

「まあ、おちかちゃん。お久し振り」

店の掃き掃除をしていたおけいは、さっそく声をかけた。

「いらっしゃい」

店に飾る竜胆《りんどう》を飾っていたおしげも笑顔になる。

竹町《たけちょう》の渡し場に程近い茶屋『松《まつ》屋』で芸者をしているおちかは、以前から足繁く店へ通ってきてくれる。

愛らしいおちかがあらわれると、それだけで顔がほころぶ。

ととのった顔はもちろんのこと、衣装を眺めるだけでも眼福《がんぷく》である。今朝はおとなしい撫子《なでしこ》柄の小紋に渋い色の帯を締めている。そこへ朝の空を映したような色の帯揚げと帯締めを合わせているのが目に楽しく、おちかによく似合っていた。

芸者として座敷に出るときはもっと華やかな衣装をまとうのだろうが、年相応の普段着姿も掛け値なしに可愛い。

おしげも花鋏《はなばさみ》を脇へ置き、おちかのもとへ歩いていった。

「三味線《しゃみせん》のお稽古帰り？」

「そうなんです」

おちかは手に朱色の袋を提げていた。芸を磨くため、日替わりで師匠の家に通っているのである。三味線の他にも、小唄や琴、踊りもやっているという。忙しいだろうに、こうして顔を見せてくれるのが嬉しかった。

「おいしい落雁《らくがん》をいただいたので、お裾分けに来たんです」

昨夜座敷に来た茶道の師匠から、もらったのだとか。

「お茶の先生のお勧めなら、きっとおいしいと思って」

「いつもありがとう、おちかちゃん」

おしげが相好《そうごう》を崩し、包みを受けとった。

座敷のお客からの頂き物があると、おちかはお稽古帰りにここまで足を延ばして届けてくれる。

「よかったら一休みしていってちょうだいな。さっそくお茶を淹れますから」

「はい」

おちかは顔をほころばせ、素直にうなずいた。それから、ちらと小上がりへ視線を走らせる。

「あの方は？」

やはり気になるらしい。おちかは小声で訊いてきた。

小上がりには健志郎がいた。膝をつき、せっせと雑巾《ぞうきん》で畳を拭いている。おちかには、『しん』に見知らぬ若者がいるのが不思議なのだ。

「平助さんの弟子なの」

「まあ」

「驚いたでしょう。少し前から店にいるのよ」

おけいとおちかの話し声が聞こえたのか、健志郎が雑巾がけをしながらこちらを見た。

「いらっしゃい」

手招きすると、健志郎はやって来た。

「こちら、うちの大切なお客さまのおちかちゃん」

「小倉健志郎と申します」

「お初にお目にかかります。ちかです」

二人は互いに名乗り合った。

健志郎の態度は堅苦しく、挨拶をした後は口を閉じてしまった。

おちかが微笑みながら話しかけても、まるで素《そ》っ気《け》ない顔をしている。

「平助さんのお弟子なんですって？」

「さようです」

「板前を目指していらっしゃるのね」

「はい」

「前から平助さんとはお知り合いなの？」

「いえ」

おちかの問いに対し、健志郎はぶっきらぼうに短く返す。それが気になり、おけいも二人のやり取りを見守った。

「わたし十六なんです」

「さようですか」

「小倉さまはおいくつかしら。わたしと同じくらいですか」

「十五です」

「やっぱり歳が近いのね。そうじゃないかと思いました。ひょっとして、お侍さんなの？」

「もう違います」

健志郎は直立不動で、木で鼻を括ったような物言いをしている。怒っているようにも聞こえるが違う。仏頂面をしているけれど、耳たぶが真っ赤だ。健志郎は上がっているのだ。

「では、掃除に戻りますゆえ」

居心地の悪さに耐えかねたのか、健志郎は無愛想に返すと小上がりに戻った。能面のような顔で雑巾がけを始める。

おちかは興味があるのか、小上がりの様子を眺めた。健志郎がそれに気づいているのは、ぎくしゃくとした動きでわかる。おちかから姿を隠すように後ろを向き、障子も閉めてしまう。

おしげが落雁を皿に出してきたときも、健志郎は輪に加わらなかった。

「言いつけられた仕事がありますので」

慇懃《いんぎん》に断り、裏口から外へ出ていく。

何をするかと思えば草抜きである。秋めいてきたとはいえ、まだまだ残暑厳しく、蚊もいるからと、平助に頼まれたのだという。

「何も今やらなくても、後にすればいいのによ」

しかし、当の平助は首を捻っている。

落雁を食べたら、一緒にやるつもりでいたところ、健志郎に固辞されたのだとか。

「わたしがやりますので、師匠は皆さんと召し上がってください。朝の早い時刻でも草むらは蒸しますので、お体に障ります」

と、裏口へついていこうとした平助を、手で制したという。

「爺扱いしやがって」

口を尖らせ、平助は愚痴っている。

「師匠をいたわっているんですよ。優しいお弟子でよかったじゃないの」

おしげが半ばからかうように言う。

「まあな。けど、優しいだけだと困るぜ。自分の腕を頼りに身を立てるつもりなら、それなりに覚悟ってもんがいるんだ」

「あらあら。厳しいお師匠さんだこと」

「おしげさんほどじゃねえよ」

「ま、いつ平助さんはわたしの弟子になったの」

「そんなことは言ってねえ。おしげさんは厳しいって話さ」

「いやあね、人聞きの悪い。第一、わたしのどこが厳しいのです」

「おっと、よけいなことを言っちまった」

いつものごとく二人がじゃれ合うのを、おちかが笑いを堪えた顔で聞いている。

せっかく落雁をいただくのだからと、お茶は初夏に買って壺に入れておいたものを口切りした。

春の爽やかな新茶もおいしいけれど、暑い時期を越えて熟成したお茶はまた格別である。我ながら、まろやかな味が出た。湯を沸騰させてからいったん冷まし、じっくり淹れた甲斐があった。

おちかも満足して帰っていった。

近々店に食べにもくるという。敷居際まで見送りに出ると、今年最初の赤蜻蛉《あかとんぼ》を見つけた。

日本橋を離れて八年目。

すっかり渡し場での暮らしにも慣れたと、おけいは思っている。贅沢なものとは縁遠くなった代わり、空も川も近くなった。着ているのは年中同じ木綿だが、目の前に流れる川の豊かな水音や波に弾ける光で季節を感じる。

川縁ではススキが茎葉を伸ばしていた。ここ数日でぐんと背丈が高くなったようだ。尾花《おばな》にも白い毛が生えてきた。もう少し経てば、風で種を飛ばす時期が来るだろう。

平和な眺めだこと——。

裏口を出たところで健志郎は懸命に草を抜いていた。若い人手が増えたのが実にありがたい。健志郎はおけいとおしげの家で居候をしながら、『しん』で奉公している。衣食住の掛《か》かりの面倒を見てもらう代わりに、掃除や洗濯を買って出てくれるのもありがたい。

店でも大きな鍋や釜を洗ってくれるなど、大いに助かっている。

そのおかげか、この頃は常に増して平助とおしげの口が滑らかになった。小さな店で肩を寄せ合っていたところへ、明るい陽が射したようだった。まだどうなるかわからないとはいえ、健志郎が来たことで先行きの不安がわずかにやわらいだと、おけいも感じていた。

三

その日、昼の商いが終わった頃に人が訪ねてきた。

おけいは健志郎と二人、厨で洗い物をしていた。平助は夜の仕込みを始める前に、短い昼寝をしていた。

「いらっしゃいませ」

店でおしげが挨拶する声が聞こえた。

「客ではない」

と、居丈高《いたけだか》な男の声が応じる。

「少々訊ねたいことがある」

「何でございましょう」

「こちらへ若い侍は来ておらぬか」

男の声はよく通った。どうやら武家らしい。厨で水を使っているおけいの耳にもはっきり届く。

「若いお侍さんでございますか」

「さよう。それがしの息子だ。ともに出かけておったのだが、途中ではぐれてしもうてな。辺りを捜しておる」

「さようですか」

おしげの返事は思案するような響きを帯びていた。

声の感じからすると、武家は四十年配だろう。もしや健志郎の父親ではあるまいか。そう思って水を止めようとすると、健志郎に腕を押さえられた。口に人差し指を当てている。

父親にここにいると知られたくないのだ。おけいは顔を引き締め、健志郎にうなずいてみせた。

「そのようなお客さまはいらしておりませんよ」

「来ておらぬと申すか」

「はい」

「まことだろうな」

思わず身が縮こまりそうな、冷たい声だった。

「もちろんでございますよ」

おしげは落ち着いて答えている。

「隠し立てすると、ろくなことにならぬぞ」

「ご覧の通り、うちは小さな店でございますので、見渡していただければおわかりになると存じますが」

「ふむ」

武家は店の中まで入ってきたようだった。草履で歩きまわる足音がする。

「おらぬのだな」

「はい」

「十五の若者だ。背が高く痩せており、腰に小刀を帯びておる」

「お武家さまも、ときおり来られますけれど。あいにく今日はいらしておりませんわ」

「しかし、そこに誰かおる」

「どこでございますか」

「あそこに障子を閉《た》てている小部屋があろう」

どうやら小上がりに目をつけたらしい。

「ああ――。おりますよ」

健志郎が眉間に皺を寄せた。厳しい面持ちで厨の向こうの声に耳を澄ましている。

「平助」

のんびりした声が名を呼ぶ。

「悪いけど起きてくれるかしら」

「何でえ」

眠たげな返事に続き、障子が開く音がした。

「おっと、お客さんですかい」

平助のくぐもった声が聞こえる。

「あいすみません、小上がりでうちの板前が一休みしていたのですよ。暑さがいつまでも続くせいか、夏負けしましてね。ちょうど昼時を過ぎて、お客さまが退けたものですから、少し横になるよう申したのです」

「すみません、見苦しいところをお見せしやして」

武家は相槌を返さなかった。

おけいはそっと厨から店を覗いた。おしげと話しているのは、手に笠を持った、小柄な武家だった。それを気にしているのか、ことさらに胸を張っているのが目につく。健志郎はあまり父親に似ていなかった。店にいる武家は見るからに酷薄な顔をしている。背丈も低ければ体つきも貧相なのに、威圧感がある。

「邪魔をした」

と言って、武家は引き上げていった。

裏口から外へ出て、去っていく姿を見送った。武家は店を出てすぐの坂道を上がると、辺りを見渡した。健志郎らしき人影がいないか捜しているのだろう。険しい顔をしているのが遠目にもわかる。

目が合ったわけでもないのに、おけいは身震いした。目をつけられたら何をされるかわからない、そんな雰囲気を辺り一面に放っている。

やがて武家は笠をかぶり、歩いていった。

店に戻ると、健志郎が神妙な面持ちで待っていた。

「行きましたか」

平坦な口調で訊く。

「ええ」

おけいはわずかに唇の両端を上げ、うなずいた。健志郎は恥じた顔をして、唇を引き結んでいる。

「話してもらうぜ」

平助がいつになく神妙な声を出し、健志郎を睨んだ。

「はい」

健志郎は血の気の失せた顔で顎を引いた。吹き出物の目立つ頬がこわばっているのが痛ましい。

「その前に戸締まりしましょう。まだお近くにいらっしゃるかもしれない」

目顔で戸の向こうを示し、おしげが低い声でつぶやいた。

「戸を閉めてくるわ」

おしげの言葉に応じ、おけいは店を出た。

いったん暖簾を下ろしてから、坂を上って土手沿いの道まで行き、さっきの武家がいないか見渡す。

日盛りの道は静かで、人影はなかった。あのまま歩いていったのだろう。小さく安堵して坂道を下りる。

　夏ももう終わりだが、昼下がりの日射しは地面に照り返し、足下に濃い影を落としている。おけいは店に戻り、戸に錠をかけた。

　健志郎が肩を落として立っていた。

「座りましょう」

　とても立ち話で済むとは思えない。おけいは健志郎を右手の長床几に腰かけさせ、自分も端に座った。膝の上で拳を作り項垂《うなだ》れている健志郎は、数日前に店へあらわれたときとは別人のように、暗い顔をしていた。

　そりゃ、そうよね――。

　あまりに好都合すぎると思ったのだ。

　健志郎のような立派な若者があらわれ、手助けしてくれるなんて、そんな夢みたいな話。健志郎は武家の子。町人へ弟子入りして、板前になろうなど親が許すわけもない。端から用心していて正解だった。そのうち誰か訪ねてくると覚悟していたのだ。

「先程いらっしゃったのはお父上？」

おしげが問うと、健志郎は硬い顔で首肯した。

「さようです」

「あなたを連れ戻しにこられたのね」

「そうだと思います。しかし、嘘をついたのではありません。わたしは料理で身を立てようと心に決め、家を出てきたのです。父にも伝えました」

「けど、許してもらえなかったんだろ」

平助がしわがれた声でつぶやく。

「はい」

「だったら、話が違うな」

肩を丸めて平助が言う。

「健志郎さまは十五だ。元服《げんぷく》もなさってねえ。いわば親掛かりの身だ。それなら、勝手に出てきちゃなんねえよ。子は親に従うもんだ」

「わたしの話も聞いてください」

健志郎が気色《けしき》ばむと、平助は乾いた声で笑った。

「御免だね」

聞いているだけで胸が痛くなるやり取りだった。平助は怒っていたが、それ以上に嘆いていた。がっかりしたのだと思う。平助は健志郎を気に入っていた。だから家に帰すのが寂しいのだ。

「おとなしくお家にお帰んなさい。親御さまが心配してなさりますぜ」

健志郎が抗弁しようと口を開きかけたが、それより先に平助が腰を上げた。

「師匠――」

「俺は弟子なんざとらねえ」

さっきおけいが掛けた錠を外し、平助は戸を開けた。店の中に陽が射した。川のせせらぎと蟬の鳴き声が聞こえる。

「さっさと出ていってくれ」

健志郎はしばらく無言で唇を嚙んでいたが、やがて諦めたように立った。襷掛けを外して紐を袂にしまった。敷居際でこちらへ振り返り、一同を見渡し深々と頭を垂れた。

平助は股の前で手を組み、指をいじっていた。健志郎が見ているのを承知で顔を上げなかった。

健志郎は去った。結局、その日は夜の商いをしなかった。

四

日暮れどき。

畑に水をやっていると、継母《ままはは》の佳江《よしえ》が縁側から声をかけてきた。

「よく実りましたね」

この季節は胡瓜と茄子に獅子唐《ししとう》を育てている。

今年の夏は天候に恵まれ、うまい具合に育った。ことに茄子は親子三人でも食べきれないほどの実をつけている。少しばかり隣家へ裾分けしようかと、考えていたところだった。

「どれ」

佳江が庭下駄を履いて下りてきた。柄杓《ひしやく》を手にした健志郎の隣へ来て、満足げに畑を見下ろす。

「夕餉は揚げ浸しにしましょうか」

大きく実った茄子をもいで言う。佳江は口の端をかすかに上げていた。健志郎が黙っていると、顔を覗き込んでくる。

「それとも田楽《でんがく》になさる？」

「どちらでも」

「愛想がないこと。まあいいわ。これだけあれば何でも作れますね」

好きにすればいい。

膳に何を並べるかは佳江が決めること。揚げ浸しでも田楽でも、好きなものを作ればいい。主の俊之丞《しゅんのじょう》の口に合えばそれでよし、もとより健志郎が不平を唱える筋にはない。

「汗をかいていますよ」

佳江は懐紙を差し出してきた。横目を向けると、健志郎の額を見ている。

「また増えましたね」

じろじろ見られるのが鬱陶《うっとう》しく黙っていると、佳江は先を続けた。

「吹き出物」

「……」

「ああ、触ったら駄目ですよ」

額へ手を伸ばそうとした健志郎を、佳江は鋭く制した。

「手の汚れがつけば、もっとひどくなります。汗をかいたままにしておくから治らないのです。よろしければ、わたしの糠袋《ぬかぶくろ》をお使いなさい。おや、爪も伸びてる」

目敏《めざと》い佳江が気づき、指図がましい口調で言う。

「後で切ります」

「そうするといいですよ。爪が伸びていると無精《ぶしょう》に見えます」

うんざりした調子で言われ、健志郎は辟易《へきえき》した。

そんなに嫌なら、話しかけなければよかろうに――。

お互いさまなのだから。さっきから、健志郎は佳江のふくらんだ腹を見ないようにしていた。

佳江に疎ましがられているのは知っている。

それでなくとも、なさぬ仲。歳も一回りしか離れていない二人の気持ちに隔てがあるのは、今日に始まった話ではなかった。

健志郎はふたたび柄杓で水を撒いた。佳江は胡瓜のなっている畝《うね》のほうへ歩いていき、熟した実をもいで家へ戻っていった。

一人になった健志郎は柄杓を持つ己の手を見た。

手の甲が腫れ、いくつか青痣《あおあざ》がある。『しん』を追い出された日に父親の俊之丞に殴られたのだ。まだ痛みが残っているが、痣は色が薄れてきた。爪が伸びているのが目に留まったなら、手の痣にも気づいたはず。なのに、佳江はそのことには触れなかった。俊之丞にやられたことは承知しているだろうに。継母の身をわきまえ、差し出口を控えるつもりなら放っておいてほしい。

小倉家は祖父の代で士分に取り立てられた。商家の末息子だった祖父が、親から分け与えられた金で武家株を買ったのだ。

三万石《ごく》の小藩の、それも陪臣《ばいしん》に過ぎない身分ながら、祖父は有頂天《うちょうてん》になったようだ。健志郎が生まれたときには既に亡くなっていたが、さぞや気位の高い人だったに違いない。健志郎に父方の親戚がいないのは、祖父が町人の身内を嫌ったからだと聞いている。

俊之丞が家督を継いだのは、十歳のとき。

祖父に命じられて入った藩校では、結局、友ができなかったようだ。成り上がりの身の上を恥じているせいか、俊之丞には今も親しく行き来をする者がいない。外で卑屈《ひくつ》を強《し》いられる分、家で鬱憤《うっぷん》を晴らすのだとわかっている。商家の出だから金勘定は得手《えて》だろうと、勝手方《かってかた》に組み込まれているのも屈辱と感じているのだと思う。藩校の仲間の噂で、俊之丞が年下の上役に仕えて苦労していると耳にしたこともある。

もっとも、家ではそんな素振りを露《つゆ》とも見せないが。

『しん』を追い出され家に戻ってからというもの、健志郎は針のむしろに座らされていた。

家を飛び出したことを、俊之丞は怒っていた。父親の面目を潰されたというのだ。息子の母親を捨てておいて、よくも堂々と叱責《しっせき》できるものだと思う。平助の悲しげな顔が目に浮かぶたび、健志郎は胸が痛む。

料理人になりたいという気持ちは本気だ。家と縁を切る覚悟もしている。しかし、平助は健志郎が生半可な覚悟で来たと思ったことだろう。それが悔しく、また申し訳ない。

夕餉は干物と茄子の味噌汁だった。

「今日の魚はうまいな」

俊之丞は干物を褒めた。

「前とは違う魚屋から買うようにしたのですけれど、そんなに違いますか」

「実が肥《ふと》っておるし、いい塩梅だ」

「よろしければ、わたしの分も召し上がってくださいな」

「ふむ」

佳江が干物の皿を差し出すと、俊之丞は無遠慮に箸を伸ばした。端からそのつもりで手をつけていなかったのかもしれない。佳江はさっきから味噌汁でご飯を食べている。

ご飯があと一口になったところで、佳江は俊之丞から茶碗を受けとり、お代わりをよそった。

「お味噌汁はいかがですか」

「もらおう」

健志郎はもそもそと味噌汁を啜り、塩味の干物をつついた。俊之丞は気に入ったようだが、健志郎には少々辛《から》く感じられる。

小倉家には女中がおらず、台所も給仕も佳江がする。俊之丞は早食いで何度もお代わりをするものだから、食事中はせわしなかった。

「あなたは？」

佳江がこちらを向いた。ついでにお代わりをよそってくれるつもりらしい。

「もう十分です」

本当はまだ入りそうだったが、健志郎は遠慮した。

俊之丞はいっさいこちらを見ず、まるで健志郎をいない者として扱っている。さんざん殴ってもなお、怒りが収まらないのだ。

健志郎はのろのろと食べ、俊之丞が箸を置くのを待った。先に食べおわっても、主が食事をしている間はその場を立てない。

険悪な夫と息子に挟まれても意に介さない佳江が、常に一人ではしゃいでいた。俊之丞の好物を膳に並べ、甲斐甲斐《かいがい》しく世話を焼いている。邪魔な先妻を追い出し、正式な妻の座についたのがよほど嬉しいのだろう。

食事が終わると、健志郎は文机《ふづくえ》に向かった。

書物を開いているものの、ちっとも頭に入らない。

この分ではまた席次を落とす羽目になるが、それがどうしたという捨て鉢な気もあった。

俊之丞が、健志郎の実の母の喜和《きわ》を離縁したのは半年前のこと。のちに後妻となった佳江が身籠もったのを潮に、三行半《みくだりはん》を突きつけたのだ。

喜和は実家に戻り、兄の世話になっている。

母と別れるのは寂しかったが、その半面ほっとしていた。

これで喜和も怖い思いをしなくてよくなる。俊之丞は粗暴な男で、妻子にすぐ手を上げる。喜和は三百石の家の出だが、女中の腹から生まれた娘。そういう出自だから自分のところへ嫁いできたのだと、いつだったか俊之丞が苦々しげに言っていたことがある。

健志郎は自分のことより、母・喜和の身を案じていた。むしろ俊之丞が佳江に入れ揚げ、喜和が離縁になったのを幸いと思ったほどだ。

家にいれば俊之丞の跡を継ぐことになる。それが嫌で、健志郎は家を出た。侍の身分を捨て、町人として喜和を迎えにいく。そうすれば母と子で穏やかに暮らせる気がした。

五年前、喜和の用事に同行して二人で『しん』へ行った日のことを、ずっと健志郎は憶えていた。素朴なおかずと熱々のご飯が実にうまかった。平助の料理の腕がいいことは当然として、喜和が楽しげに笑っていたのもよかった。

自身も料理上手な喜和は、たまたま厨から出てきた平助をつかまえ、作り方を訊ねた。味を覚えて、また健志郎に食べさせたいと。

平助は親切だった。相手が武家でも億劫《おっくう》がることもなく、喜和に作り方を教え、わからないことがあればいつでも訊きにくればいいと請け合った。ほんのお愛想のつもりだったかもしれない。けれど健志郎はその言葉を信じた。他に頼れる者もいなかった。

俊之丞の後妻の佳江は二十七。自分と一回りの歳の差しかない人を、母親として慕うのは難しい。

若い女にのぼせ上がり、喜和を捨てた俊之丞の仕打ちは人々の噂になっている。喜和の兄は堅物《かたぶつ》で世間体にうるさい。俊之丞とは折り合いが悪く、健志郎も伯父の家とはほとんど行き来がない。三つ下の従兄弟《いとこ》の亥之助《いのすけ》と、外で会えば挨拶するくらいである。

親戚付き合いが薄いのは俊之丞のせいだ。伯父は潔癖で醜聞《しゅうぶん》を嫌っている。一方の俊之丞も、いかにも武家といった伯父を疎み、家では陰口を叩いている。

そんな父親を持つ自分を健志郎は恥じていた。喜和がいたから耐えてきたが、もうその必要もなくなった。

金輪際《こんりんざい》、俊之丞とは縁を切ろうと思っていた。

冬には佳江が子を産む。

その子が家を継げばいい。もし女でも養子をとれば済む。俊之丞もそういう算段をしているはずだった。喜和を追い出したことで負い目を感じるのか、佳江と再縁してからというもの、さらに健志郎への当たりがきつくなっている。

健志郎が弟か妹ができるのを喜んでいないのが腹立たしいのか。

しかし、それはもとより無理筋の話。実の母から父を奪った継母を慕えるはずもない。

子どもの頃から、健志郎は母と畑に出るのが好きだった。

喜和は茄子を育てるのが得意で、毎年この時期には売るほどの実がなった。一年前には二人で畑仕事をしていた。健志郎が水やりをしているのは、喜和の育てた茄子を枯らさないためだ。

喜和の作る茄子の揚げ浸しは絶品だった。

佳江も作ったことがあるが、とても比べものにならない。それで今日も揚げ浸しにしようか、などと口では言いつつ、味噌汁の実にしたのだ。喜和は余った茄子を塩漬けにして冬に備えたが、佳江は腐らせるかもしれない。

健志郎はかぶりを振り、書物を閉じた。

こうなったら自分で漬けよう。作り方なら知っている。子どもの頃、喜和に教わった通りにやればいい。そう思いながら、ふと厠に立ったついでに庭へ下りたら、塀の外に人がいた。

誰かと思えば従兄弟の亥之助だった。走ってきたらしく息が荒い。

もしや喜和に何かあったか。にわかに胸が騒ぎ、健志郎は眉をひそめた。

「どうした」

すばやく塀へ近づいて問うと、亥之助は硬い面持ちで健志郎を見た。さっきまで空に消え残っていた茜色の夕焼けは失せ、空には月が昇っていた。亥之助の喉仏がごくりと動く。薄暗い庭では虫が騒いでいた。

五

ひと月後。

夕まぐれに店の戸が開いた。

ちょうど夜の商いが始まるところで、おけいは暖簾を出しにいこうとしていた。敷居際に黒っぽい人影が立っているのを見て、心の臓が跳《は》ねた。外が薄暗く、一瞬賊かと思ったのである。

けれど、あらわれたのは健志郎だった。先にやって来たときと同じ着物をまとい、消沈《しょうちん》した顔をしている。

「どうなさいました」

健志郎の着物は血で汚れていた。鼻血を出したのか、頰に赤い筋が走っている。

片方の目の周りには痣もあった。挫《くじ》いたのか、片足を引きずっており、衿合《えりあ》わせが乱れている。手の甲には布を巻いており、履いている草履は鼻緒が切れかかっていた。足の指にも血がついている。誰かにひどく痛めつけられたのは間違いなさそうだった。

「少し怪我をしました」

「いったい誰に――」

言いかけて口を閉じた。

やったのは父親だと察しがついた。あの酷薄そうな顔の武家が、この子を殴ったのだ。

「ともかく、こちらへ」

おけいはおろおろと長床几を示した。台所へ駆け込み、手拭いを水で濡らした。

おしげが何事かと眉をひそめ、店に出ていった。すぐに戻ってきて、ため息をつきながら軟膏《なんこう》を用意する。

「お医者さんを呼んできたほうがいいかしら」

骨でも折れていたら大変だと思って、おけいは言った。

「その前に布団を敷いて、寝かせたほうがいいわ」

おしげは慎重だった。

それもそうだ。ともかく横になって、休ませないといけない。おけいは店の奥に走り、六畳間に自分の布団を敷いた。干しておいてよかった。あいにくいまは客用の布団がないから、これで我慢してもらわなくては。

店に戻り、健志郎に声をかけた。

「一人で歩けますか」

「はい」

健志郎はうなずき、長床几から腰を上げた。その途端、足がもつれたのかよろめき、こちらへ倒れかかってきた。咄嗟に体を支えるとひどく熱かった。傷のせいで発熱しているのだ。

おけいは健志郎の脇へ体を入れ、肩を貸した。

「すぐですからね」

健志郎はおとなしく、されるがままになっている。どうにか歩いてここまで辿《たど》りつき、安心して気が抜けたらしい。平助も手伝い、反対側の脇を支えた。二人がかりで奥へ連れていき、布団に寝かせた。

おしげが濡れた手拭いを二枚持ってきて、そのうちの一枚を額に載せた。残りの

一枚で顔の血をぬぐってやってから、

「塗っておあげなさい」

と、軟膏をおけいへ差し出す。

健志郎は口を開け、もう半分寝ていた。おけいは傷に軟膏をすり込んだ。

痛むのか、ときおり健志郎が呻《うめ》いた。目の周りと口の脇に青黒い痣があった。歯は折れていないようだが、口の中は切っているだろう。健志郎の吐く息は熱く、金気《かなけ》臭かった。

枕もとへ白湯《さゆ》の入った茶碗を置き、そっと部屋を後にした。

「ともかく、明日になるまで待ちましょう」

店に戻ってから、おしげが言った。

「それがいいわね」

事情を訊くのはゆっくり体を休めてからでいい。

平助は難しい顔をして黙り込んでいる。

『しん』を出ていった健志郎が、傷を負い、ふたたびこの店を頼ってきた事情に思いを馳せているのだろう。大きな口を引き結んでいるのは怒っている証。平助もまた、あの父親の仕業と考えているのだ。

暖簾を出すと、さっそくお客が入ってきた。

その日はよくお客が入った。おけいとおしげはいつもの通り、忙しく店と厨を行き来して注文をとり、平助は次々と魚を焼き、米を炊いた。頭の片隅では健志郎を気にかけていたものの、あいにく手が空かず、奥を覗きにいく暇もなかった。

最後のお客を送り出し、暖簾を下ろしたのは普段より遅い時刻だった。おけいが足音をしのばせて様子を見にいくと、健志郎は寝ていた。布団が軽く上下しているのを確かめ店に戻り、おけいは言った。

「眠ったみたい」

おしげと平助は顔を見合わせ、ほっと胸をなで下ろした。

「うなされていないようなら、ひとまず安心ね」

「なに、あの若さだ。明日には元気になるぜ」

「そうならいいけど」

おけいは平助のように楽観できなかった。

その晩はおしげと二人、小上がりで休んだ。

眠りが浅く、短い夢をいくつか見るうちに朝が来た。障子の向こうが明るくなり、目が覚めた。

小上がりを出て奥の部屋に行くと、健志郎が起きていた。布団に寝たまま目を開けて、天井を見ている。

「おはようございます」

「起き上がらなくていいのですよ」

布団から身を起こそうとした健志郎を、おけいは止めた。

「大丈夫です。よく眠ったおかげで、楽になりました」

「そう？」

「はい」

健志郎はうなずくが、片目が腫れてひどいことになっている。頬も異様に膨れあがり、喋りにくそうでもある。

「喉が渇いたでしょう。白湯をお持ちしますね」

とはいえ、熱は下がったようだ。顔は痣や傷で痛々しいが、目に光が戻っている。

平助の言う通り、若者は一晩で元気になって頼もしい。

おけいが白湯を運んでいくと、健志郎は布団を畳んでその脇に正座していた。

「昨日はお世話になりました」

畳に手をつき、きちんと辞儀をする。

「ご商売の邪魔をして申し訳ありません」

「邪魔なんて、ちっとも。それより、よく休めましたか」

「はい。おかげさまで」

「よろしゅうございました」

おけいが胸に手を当てて言うと、健志郎は少しはにかんだように歯を見せた。

「温かいお心遣い、まことに痛み入ります」

やはり侍、健志郎は行儀がよかった。傷が疼《うず》くだろうに、しゃんと背を伸ばして座り、おけいが出ていった間に着直したのか、昨日は乱れていた衿合わせも整えてある。それが却って不憫《ふびん》だった。障子越しに朝日を浴びている健志郎の顔は丸く、瞼《まぶた》もむくみ、子どもっぽく見えた。

「朝ご飯、召し上がりますか」

「はい」

健志郎は元気よく答えた後に、顔を赤くした。遠慮なく首肯したことを恥じらっているのだろう。そんな姿も好感が持てる。

「今お持ちしますね」

熱が引かないようなら重湯《おもゆ》にするつもりだったが、この調子ならお粥《かゆ》を食べられそうだ。おけいは店に戻り、米を研いだ。

「どう？」

おしげも起きてきて言った。

「熱は下がったみたい。朝ご飯も食べられるそうよ」

「まあ、よかった」

「ねえ」

「しばらくうちに泊まるようなら、布団や着替えを用意したほうがいいわね」

「それはちょっと、気が早いわよ」

「だって、逃げてきたのでしょう」

「母さん――」

おけいは慌てたが、おしげは泰然としていた。

「他に考えられないわよ」

「ええ」

確かにそうだ。

「それなら泊まるところに困るはずですよ」

「近しいご親戚はいないのかしら」

うに」

「馬鹿ね。そんなところに行けば、あの父親に居場所を知らせることになるでしょ
おしげに言われ、おけいは米を研ぐ手を止めた。

「平助さんの家で預かってくれるかしら」

「独り者だもの、部屋は空いているわね」

「若い人には窮屈でしょうけれど、仕方ないわ」

「そうねえ。辛抱してもらわないと」

ここに置いておけば、父親に見つかるかもしれない。

また健志郎が逃げたとなれば、前のように切り抜けられるかどうかわからない。

おしげが何と言おうと、店も厨も覗いて回り、家にまで押し入ってくるに違いなかった。

「でも、わたしたちが行って掃除をしたほうがいいわね。年寄りの独り者の家なんて、埃が溜まっているに違いないもの」

「平助さんなら綺麗にしていそうだけど」

「年寄りは目がかすむから見えないのよ。それに料理ができる人に限って、掃除は不得手なものだから」

「そうなの？」

ここからすぐの平助の住まいなら、おけいもよく知っている。何度か立ち寄ったこともあるが、こざっぱりと片付いていたように思う。

「行ってごらんなさい。一見きちんとしているようで、きっと部屋の隅には大きな綿埃があるわよ。布団には黴《かび》が生えているわね」

「やあね、もう」

顔をしかめたところへ、ぬっと人影が差した。

「楽しそうだな、おい」

厨の入り口に平助が立っていた。

「あら、ま」

おしげが口に手を当てたが、もう遅い。

「まったく。朝から俺の陰口に花を咲かせてよう」

「そんなんじゃありませんよ」

ちっとも慌てた素振りもなく、おしげが言う。

「平助さんなら力を貸してくださるだろうって、話していたの」

「そうは聞こえなかったぜ」

「あら、そう？　陰口なんて言いませんよ。そんなふうに、すぐ疑ってかかるのは年寄りの悪い癖です」

「へいへい、わかりやしたよ」

呆れたふうに首をすくめ、平助が飯台《はんだい》に笊《ざる》を載せた。大きくて艶のいい卵が三つ載っている。

「見事な卵ねえ」

「だろ？　あの子に食わせて精をつけてやろうと思ってな。行商から買ってきたんだよ。で、どうせならお二人にも味わってもらおうかと」

あの子とはむろん健志郎のこと。

「さすが、平助さん。気が利きなさること」

おしげが手を叩いて喜ぶと、平助は口を尖らせた。

「ちぇっ。調子がいいんだから」

「どうせなら四つ買ってくればよかったのに。平助さんもここで一緒に食べればいいんだもの」

「いいんだよ、俺は。独り者は侘《わび》しく、冷や飯に白湯でもかけて食うから」

拗《す》ねた口を利き、そっぽを向く。

平助は、一度は追い出した健志郎が、満身創痍《そうい》で戻ってきたのが気になって仕方ない様子だった。本当は泊まり込みで世話をしてやりたいところなのを、おしげやおけいの手前、ぐっと堪えているのが見ていてわかる。

「さあ、さあ。無駄口は止してご飯の支度をしましょう。健志郎さんがお腹を空かせて待っていますよ」

おしげが華やかな声を上げ、その場をまとめた。

話し声が家まで届いたのか、遠慮がちに健志郎が厨へ顔を出した。

「師匠」

平助がいるのに気づくと、健志郎は直立した。

「その節はご迷惑をおかけして、申し訳ありませんでした」

深々と頭を下げ、弟子入りした挙げ句、数日で去ったことを詫びる。平助は憮然《ぶぜん》としていた。どういうつもりか、むっつりと口をへの字に曲げている。

「謝らなくていいのよ」

平助に代わって、おしげが言った。

「ですが――」

「誰も怒っていないもの。平助さんが仏頂面をしているのは、照れてるだけ。またあなたがここへ来たのが嬉しいのよ。ねえ、平助さん」

「ふん」

「ほら、ね？　照れてるのよ」

「冗談じゃねえ。俺は怒ってるんだ」

震える声で平助がつぶやいた。

「お前にじゃねえぜ」

顔を上げた健志郎に向かって、平助が言う。

「俺は自分に腹が立ってるんだ。なんで、あのときお前さんを家に帰しちまったかってな」

平助は赤い目をして、小鼻をひくつかせた。

「よく来てくれたぜ、本当に」

その泣き声を聞き、健志郎が顔を歪《ゆが》めた。涙を堪えるように拳を握り、しきりにまばたきしながら平助を見ている。

おしげは健志郎の傍へ行った。

「顔を洗っていらっしゃい」

新しい手拭いを健志郎に渡して言う。

「裏口から出たところに井戸がありますから。その後で軟膏をつけてあげますよ」

「そんなにひどいですか」

「それはもう」

目を見開き、おしげが脅かすような顔を作った。

「幽霊みたい」

と両手を胸の前で垂らして、その真似をする。健志郎は下を向き、口許をほころばせた。

「あとで鏡を覗いてごらんなさい。きっと驚くわよ」

「見るのが怖いな」

ぼやきながら健志郎は外へ出ていった。おしげにかかると、青黒い痣も腫れも笑い話になる。

顔を洗った健志郎が戻ると、賑やかな朝食となった。

炊き立てのご飯と味噌汁に、納豆と漬け物。若い健志郎には炙った干物をつけた。いつもの素っ気ない食事だが、今朝は平助の持ってきてくれた卵がある。

「うまい」

黄身も白身もぷりぷりした卵に、健志郎は舌鼓《したつづみ》を打った。

「味が濃いわね」

「黄身が甘くておいしい」

熱いご飯にいい卵をかけると、それだけでご馳走になる。おけいは箸を進めつつ、健志郎の顔を眺めた。不躾《ぶしつけ》だと思いながらも、つい目がいってしまう。若い健志郎は食欲が旺盛で、丼によそったご飯を二膳もお代わりした。

その日から、健志郎は平助の家に居候することになった。

それからというもの、平助は少し若返ったようだった。家に健志郎がいるせいで張りがあるのだ。

「昨日は囲碁の相手になってもらったんだぜ」

今朝もほくほくした顔で言う。

「あら、ま。そうなの」

「おうよ」

「負けたでしょう」

「へ？　舐めてもらっちゃ困るな、おしげさん。こう見えて俺は名人だぜ。年季も違う。いくら武家だからって、そう易々《やすやす》とやられたりしねえさ」

「でも負けたのね」

「ちっ」

舌打ちしながらも、平助は笑っている。

健志郎の傷は日ごとに癒《い》え、顔の痣も薄くなってきたという。顔の腫れも治まり、足もよくなってきたそうだ。

今日もしっかり朝食を摂《と》ったと聞き、おけいは安堵した。

思った以上に健志郎の怪我はひどかったのである。『しん』に来たときは気が張っていたのだろう。卵かけご飯を平らげてみせたが、その後、健志郎は熱を出して、平助の家で寝込んだ。

医者に診てもらったら、足の骨に罅《ひび》が入っていた。

『しん』に来なければどうなっていたことか。途中で倒れていたかもしれない。頼ってくれてよかったとつくづく思う。囲碁ができるまで回復したとは何よりだ。

厄介になる礼として、平助の家の掃除洗濯をしているそうだ。実家でも手伝いをしていたのか手際がいいらしく、色褪《あ》せた木綿の着物には糊《のり》をつけてもらったという。煎餅《せんべい》布団も干してくれたおかげで、日向の匂いがするのだとか。

「ずっといてもらいてえ」

平助が言う気持ちもわかる。

けれど、それは難しいように思う。いずれまた父親があらわれる。

今日か、明日か。いずれにせよ間もなくだと、おけいは考えていた。

むしろ、どうしてまだ来ないのか不思議なほどだ。父親も怪我をしているのか。

何か考えがあってのことか。沈黙が不気味だった。


ふたたび父親があらわれたのは、その日の夕方だった。

蜩《ひぐらし》の鳴く火点《とも》し頃。夜の商いが始まる前のことだ。

暖簾が出ていないのも構わず店へ入ってきた人を見て、おけいは自分でも顔から血の気が引くのがわかった。

「……いらっしゃいませ」

慌てて声をかけ、愛想笑いを浮かべる。

店には何人か先客がいた。不穏な空気をまとった武家が入ってきたのが気になるらしく、ちらちら窺っている。

父親は入り口の左手に置いてある、長床几の端に腰を下ろした。おけいが麦湯を運んでいくと、顎を引いてうなずいた。

「何を召し上がりますか」

父親は無言でおけいの顔を見据えた。食事に来たわけではないと言いたいのだ。盆を抱いて厨へ行くと、平助が葱を刻んでいた。

「来たのかい？」

おけいの顔を見るなり、短く訊く。

「ええ」

平助は健志郎の父親があらわれたと察し、眉を引き締めた。

おけいは動揺し、不安が喉元にせり上がってくるのを感じた。もし健志郎を出せと迫られたら。店にはお客もいるというのに、剣呑《けんのん》なことになったらどうしよう。うろたえるおけいに比べ、おしげと平助は冷静だった。

「すぐに伝えたほうがいいわね」

「ああ」

落ち着きはらい、低い声で話している。

「悪いけど、平助さんの家まで行ってきてちょうだい。今日は休むように伝えるのよ」

おしげに肩を叩かれた。健志郎は夜の商いから店を手伝うことになっていた。熱が下がり、本人が働きたいと言っているのだ。しかし、今日は店に来させてはいけない。

「ごめんよ、使い立てして」

平助も片手拝みする。

「急いで行ってきます」

おけいは前掛けもそのままに裏口から出た。

空には褪めかけた夕焼けが広がっていたが、足下には薄闇が溜まっている。昼間は暑かったのに風は涼しく、草履の裏に当たる土もひんやりしていた。

小走りに平助の家へ向かうと、蜩の声が追いかけてきた。それに混じり、草むらでは虫も鳴いている。ついこの間まで油蟬の声がやかましかったのに、気づけば辺り一面に秋の気配が満ちていた。

いつだって瞬《また》く間に季節は移り変わる。それと同じで、健志郎の安らぎのときも短かった。

おけいが戸を叩くと、健志郎はちょうど出かけるところだった。こちらを見て、たちまち顔を引き締める。用件を言う前から、何が起きたか勘付いたのだ。

「父が来たのですね」

「ええ。ですから今日は店を休んでちょうだい。お父上はあなたがここにいるとは勘付いておられません」

「参ります」

「駄目よ」

他人様の家のことながら、口出しをせずにいられなかった。

「あなた、お父上に怪我をさせられたのでしょう。家に連れ戻されたらどうするのです。そうすれば、また――」

続きを言うのが憚《はばか》られ、おけいは口を閉じた。

「ご心配をおかけして申し訳ありません」

「お逃げなさい」

怪我をさせるような父親のもとへ、むざむざ帰したくはない。

けれど、健志郎はうなずかなかった。

「逃げるところなどありません」

若者が口にするのは不似合いな、重い言葉だった。

「参ります」

覚悟を決めた口振りで言うと、健志郎は外に出てきた。しっかりした足取りで店へ向かう。おけいは引き止めようと、おろおろと健志郎の袖を引いた。

「ごめんなさい」

袖を摑《つか》んだまま言った。町人風情が嘴《くちばし》を挟むべきではないかもしれない。けれど、健志郎が痛めつけられると思うと、とても行かせられない。

「ご心配、痛み入ります」

思いやりの籠《こ》もった声で言う。

いい子だと、おけいは思った。こちらに気を遣って不安を見せまいとして。まだ子どもなのに。引き止めても健志郎は行くだろう。そうと頭では承知していても袖を離せなかった。しかし——。

ふと背後に人の気配を感じ、振り向いたら父親がいた。ここまで跡をつけられたのだ。

六

行灯《あんどん》をつけると、砂壁を背に俊之丞の顔が浮かび上がった。

いささか窶《やつ》れたようだ。頬骨が目立ち、目の下には隈《くま》がある。

「手をかけさせおって」

口火を切ったのは俊之丞だった。

「お前のせいで家は大騒ぎだ。母上は寝込んでおる」

「さようですか」

「腹の子に何かあったらどうするつもりだ」

誰の話かと思いきや、佳江のことか。健志郎は失笑を押し殺した。

健志郎が家を出たところで、あの佳江が寝込むとも思えない。厄介者がいなくなって清々するはずだ。

しかし、いつもは殴られる一方の健志郎が、ついに俊之丞へ手を上げて驚いたのかもしれない。子が生まれようとしているときに、夫に万一のことでもあればと心配して寝込んでいるのならわかる。なるほど、それでここへ来るのに数日かかったのか。

「家に戻れ」

俊之丞が命じた。健志郎が逆らうとはゆめゆめ思っていない口調だ。

腕力にものを言わせ、すぐに手を上げる俊之丞が子どもの頃から怖かった。機嫌を損ねないよう常に顔色を窺ってきた。自分が逆らえば、母の喜和に危害が及ぶ。

そう思って耐えてきた。

「母親が首を長くして、お前の帰りを待っておる」

首を傾げた。

「何だ」

俊之丞が眉を上げた。

「どなたのお話をなさっているのですか。わたしの母上なら亡くなりましたが」

部屋の外に控えているおけいが、息を呑む気配がした。健志郎を俊之丞と二人にするのが心配で、すぐ傍で話のなりゆきに耳をそばだてているのだ。

「死んだのは小倉家を去った女だろう。今のお前の母親は佳江だ」

「佳江どのはあなたの後妻であって、わたしの母ではありません」

獣のような形相で目を吊り上げ、俊之丞が睨んできた。健志郎は淡々と見返した。いかに憤怒《ふんぬ》を向けられても怖くない。母の喜和が亡くなった今、もう失うものなどなかった。

あの日、従兄弟の亥之助が家まで走って伝えに来た。喜和は卒中《そっちゅう》を起こし、急逝したのである。いつか料理人になって、母に食べさせてやろうと思っていたのに、もうできない。

俊之丞は顔色ひとつ変えなかった。先妻の死を知っても、何とも感じていない。離縁した先妻になど関心がないのだ。ゆえに健志郎は家を捨てた。この人を父親と呼び、敬うことはできない。

「帰るぞ」

立ち上がり、俊之丞がこちらを見下ろした。

「佳江の子が無事に生まれるまで、お前は小倉家の跡取りだ」

そういうことかと思った。健志郎が従わずにいると、強引に腕をとって立ち上がらせようとする。それでも抗うと蹴ってきた。腹を狙い、健志郎が躱《かわ》すと、今度は踵《かかと》で顔を狙ってくる。

「止しなせえ」

土間から黒っぽい人影が駆け込んできた。

平助だった。急いで店から飛んできたらしく、息が上がっている。

「誰だ」

「この家の持ち主でさ。汚《きたね》えところだが、ここでは俺が主だ。物騒《ぶっそう》な真似は止してもらいますよ」

「さようか。ならば、外へ出よう」

俊之丞は健志郎の襟首を摑み、土間へ引きずっていこうとした。平助が俊之丞の足へしがみつき、行かせまいとする。

「何のつもりだ」

「どうか落ち着きなすってくださいよ。大事な息子さんを蹴るなんざ、正気とは思えねえ」

「手を離せ」

能面のような顔で俊之丞が言った。すかさず健志郎は動き、平助を俊之丞から引き剝《は》がして背中に庇った。途端に重い蹴りが入った。間一髪《かんいっぱつ》だった。わずかに遅れていれば、平助がやられていたところだ。

憎々しい舌打ちが聞こえた。相手が町人なら、老人であろうと俊之丞は容赦しない。ともかく守らなければと思ったが、平助は四つん這いになって健志郎の背から出た。

「好きなだけやれ」

胡座《あぐら》をかき、しわがれた声で啖呵《たんか》を切る。

「俺を蹴って気が済むなら、そうしなせえ。けど、こいつは俺の命に代えても帰さねえ。大事な弟子だからな」

「ほう」

俊之丞が小馬鹿にした顔をする。

「わしの息子がお前の弟子と申すか」

「おうよ」

「爺が大層な口を利く」

「本当のことだからな。こいつは俺の弟子だ。修業が終わるまでは、いくら親でも渡すわけにはいかねえよ」

平助は痩せた胸を反らし、白髪頭を振り上げて俊之丞を睨んでいた。

思いがけない言葉に胸が熱くなる。健志郎が洟《はな》を啜ると、平助がこちらを向いた。心配するな、と目顔で言っている。

「いいから引っ込め。武家の話に首を突っ込むな」

俊之丞が邪険に平助を押しのけた。顎をそびやかし、冷然と見下ろしている。

今にも殴りかかりそうな気配を察し、健志郎は立ち上がった。平助の前で両手を広げ、俊之丞の拳固《げんこ》を阻止した。

「どけ」

「嫌です」

健志郎が俊之丞と睨み合ったとき、家の外で金切り声が響いた。何事かと耳をそばだてると、おけいだった。声を裏返らせ、人を呼んでいる。

近所の家の戸が開く音がした。どうしたんだい、と隣から出てきた男の問う声もする。中年らしき女も出てきた。寝ているところを起こされた赤ん坊がむずかり、それに呼応して犬まで鳴き出す。

近所の者が訪ねてきた。平助の名を呼び、何かあったかと問う。

「くだらん」

俊之丞が吐き捨てた。さすがに辺りの目を憚ったのか、苦虫を噛みつぶした顔で、平助の家から出ていこうとする。

「父上」

健志郎は俊之丞を呼び止め、畳に手をついた。

「わたしのことは亡き者とお思いください。金輪際《こんりんざい》、家には帰りませぬゆえ」

「貴様……」

「嫌なら斬っていただいて結構」

首筋を晒して言う。

「また来る」

「同じことです。わたしはもう帰りません。藩にはどうぞ憤死《ふんし》したとでも届けてください。冬には佳江どののお子も生まれます。わたしがいては後々面倒なことになるのではありませんか」

「今日のところは帰ると申しておる」

いずれにせよ、ここで話を続けるのは無理と判断したのだろう。俊之丞は土間へ下りた。

もう二度と会うこともない。健志郎はそう決めている。最後に父へかける言葉を頭の中で探し、敷居をまたごうとする痩せた背に向かって言った。

「佳江どのには優しくしてやってくだされ」

「――何？」

俊之丞は振り返り、健志郎を見た。眉間に皺を寄せている。

「申した通りです」

「子の分際で親に指図するのか」

ふたたび顔に険を浮かべた俊之丞と対峙《たいじ》する。

どうしようもない人だと思った。出てくる言葉がやくざ者と変わらない。

今になり佳江に同情した。浮ついたところはあるが、それなりに親切なところもある人だった。ちっとも懐かない義理の息子にも、何かと声をかけてくれた。母と呼ぶことはできないが、遠くから幸せを祈ることくらいはできる。

「母上のようになってはお気の毒ですから」

むっとした俊之丞が口を開きかけたが、構わずに続けた。

「どうぞ、お元気で」

俊之丞は返事をしなかった。白けた顔でかぶりを振り、出ていった。


「やれやれ」

平助が額の汗をぬぐった。

「もう大丈夫だぜ」

「はい」

「おけいさんのおかげだな。いやあ、たまげた。まさか、あんな声で喚《わめ》くとはな。ひょっとして火事でも起きたかと思ったよ」

「ごめんなさい、驚かせて」

恥ずかしそうに、おけいが顔を出した。

「どうにかしようと、とにかく必死だったんです」

ふっくらした頰を両手で押さえ、はにかんでいる。楚々とした人だから、普段は大きな声を出すこともないのだろう。眉尻を下げ、盛んに照れている。

健志郎と目が合うと、おけいは微笑んだ。

「さて」

ずっと胡座をかいていた平助が腰を上げた。

「そろそろ店に戻るぜ。おしげさんが痺れを切らしてる頃だ」

「はい」

健志郎は平助に従い、立ち上がった。

「きっと待ちくたびれてるわね」

「違《ちげ》えねえ。気の短いおしげさんのことだ、そのうち癇癪《かんしゃく》を起こして呼びにくるぜ」

「ま、怖い」

家を出て、二人の後に続いた。おけいと平助は笑いながら、たわいもない話をしている。

空には月が出ており、道はほのかに明るい。健志郎はゆったりと草履を鳴らして歩いた。母が死んだのも、ちょうどこんな月夜だった。知らせにきた亥之助の顔は青褪《あおざ》め、草むらでは虫が鳴いていた。

この世にもう母がいないことが、静かに胸へ沁《し》みてくる。

駆けつけたとき、喜和はもう息を引き取った後だった。

母の喜和は色が白かった。どちらかというと細面《ほそおもて》で、笑うと口の形がきれいなのが際立った。家ではよく忍び泣きをしていたが、目をつぶった喜和の顔には痛みや苦痛の色はなく、穏やかに見えた。

こんなに早く逝ってしまうとは。

鬼のような夫と縁が切れ、少しは楽になったと信じていたのに。

(健志郎――)

思い出を辿ると、笑っている姿ばかり浮かんでくる。

母は女にしては背が高く、姿勢がよかった。質素なものを着てもさまになるのが、子ども心にも自慢だった。健志郎が長身に育ったのは喜和に似たからだ。

声がきれいで、おとなしいのに笑い声がよく響いた。

ご飯の炊き方がうまく、漬け物を作るのも得意だった。毎朝お焦げを健志郎の口へ入れてくれるのが嬉しかった。香ばしくて甘い米は子どもの舌にもうっとりするほどおいしかった。

健志郎に教えるため、母は大人になってから竹馬を始めた。何度も庭で転び、それでも諦めずに立ち上がる、頼もしい後ろ姿を今も憶えている。

雨上がりには、健志郎の手を引いて虹を探しに行った。

母の髪はいい匂いがした。手が温かく、柔らかかった。

子守歌が上手で、寝る前にいつも枕もとで歌ってくれた。

藩校で試験があるたび、母は近くの寺へ札をもらいに行った。

席次が上がれば赤飯を炊いて褒めてくれた。下がったときにも、母はこっそり炊いておいた赤飯を外からは見えないよう、稲荷《いなり》寿司にして食べさせてくれた。

(あなたは、やればできる子ですよ)

母はいつもそう言っていた。

本当は席次より体を案じていたことも知っている。健志郎が咳の一つでもすると、母は心配顔で塩水を用意し、うがいをさせて、早く休むよう説いた。もう子どもではないのだからと、うるさがりつつ常に感謝していた。

俊之丞のことを怖がっていたが、健志郎が殴られると身を挺《てい》して庇ってくれた。とうに夫には愛想が尽きていただろうに、半人前の健志郎を慮《おもんぱか》り、あんな家で辛抱していたのだ。

守られるばかりで死なせてしまったことが悔しい。卒中を起こして苦しいときに、傍についてやることもできなかった。

母は寂しかったはずだ。せめて息を引き取るまで、手を握ってやりたかった。こうなる前にもっと早く、俊之丞に刃向かうべきだったのだ。意気地《いくじ》のない自分は何たる不孝者だろう。

（健志郎）

もう、あの優しげな声で呼んでくれる人はいない。

この世でたった一人、あなたはやればできると励ましつづけてくれた人がいなくなってしまった。これから先、いったい誰を喜ばせるために精進すればいいのか。成長した姿を誰に見せればいいのか。母の他に、健志郎に期待する人などいないのに。

そう思ったら、急に足が萎《な》えて歩けなくなった。立ち止まり、暗い空を仰ぐ。頭には母の最期《さいご》の顔が浮かんでいた。死んで楽になったことを慰めに感じるような、そんな最期を迎えさせたことが切なかった。

込み上げてきたものを呑み下し、熱い息を吐く。堪えようと思う傍から頬を涙が伝い落ちる。

ふと平助がこちらを振り返った。

「どうした」

「何でもありません」

母を守りたかった。母には笑ってほしかった。俊之丞にさんざん泣かされ辛い思いをした分、これから先は幸せに生きてほしかったのだ。

平助が歩いてきた。背伸びをして、健志郎の頭を撫でる。

意外な振る舞いに、呆気にとられた。

子どもじゃあるまいに――。

思わず憮然としたが、平助の手は温かかった。

「これまで辛かったな」

「……………」

「親があぁだと、子は苦労するんだ。お前のせいじゃない。巡り合わせが悪いと、そうなっちまうってだけだ。けど、心配するな。一人になっても生きていけるからよ」

諭す声まで温かい。

俊之丞の話をしているのだとわかった。健志郎を見上げる平助の顔は皺だらけで、白い眉からは長い毛が飛び出ている。胸板も薄く痩せた体は、強い川風に煽《あお》られたら、簡単に吹き飛びそうだ。よくもまあ、こんな体で俊之丞に挑んでいったものだ。弟子入りを認めてくれたことといい、剛胆《ごうたん》な人なのだと思う。

「何でえ、じろじろ見て」

平助が怪訝そうに言った。

「もう一度、頭を撫でてもらいてえのか？」

「いいえ」

健志郎は身を反らし、平助の手を躱《かわ》した。その拍子に目尻から涙がこぼれ、拳でぬぐう。

「さ、行くぜ」

「はい」

平助に促され、健志郎は歩き出した。

*

半月後。

いっそう空が高くなり、赤蜻蛉《あかとんぼ》が飛びまわる季節になった。

「鰯雲《いわしぐも》が出ているわよ」

おけいは厨の窓から外を覗いて言った。

「秋本番ね」

薬缶《やかん》の火を止め、おしげが応じる。

「少し前まで残暑がきつくて、ふうふう言っていた気がするのに」

「あなたは暑さに弱いから」

「母さんも、どちらかというと暑さには弱いほうでしょう」

「わたしは平気ですよ」

おしげが澄まして、つんと顎を上げる。

昔から、季節を先取りしたお洒落を好んできた母だ。日本橋の生家にいた頃は、蜩が鳴いている時季には、もう銀杏《いちょう》や紅葉《もみじ》をあしらった着物や帯をまとっていた。

ここでは年中、季節感のない格子《こうし》柄や無地の木綿で通しているのが勿体ないと思う。

「ねえ、母さん。秋らしい帯揚げでも買わない？」

「何です、急に」

「たまにはいいでしょう」

「そうねえ。でも、小間物《こまもの》を買えば着物も欲しくなるわよ。帯揚げだけ誂《あつら》えても、合わせるものがなければ出番がないもの」

「一つずつ揃えていくのも楽しいわ」

「そんなことを言って。店へ行けば、あれこれ欲しくなるに決まってますよ。でも、まあいいわ。次の休みに出かけましょうか。長二さんのお餞別《せんべつ》も買おうと思っていたところだから」

「そうだったわね」

移りゆくのは季節だけではない。

大坂へ帰る途中の長二が、いよいよ発つのだという。

船頭の仕事が繁盛したおかげで路銀《ろぎん》が貯まったのだ。来月、門出の祝いを『しん』で開くことになっている。思いがけず江戸で足止めを食っていたが、これで本当に出立だ。

六助も寂しくなるだろう。長二はせっせと世話を焼いていたようだから。六助は長二から舟の漕ぎ方を教わり、船頭になった。犬の茶太郎も一緒だ。

案外うまくやっていると、長二には聞いている。

犬連れの船頭は珍しく、それだけで人目を惹く。お客は犬がいても平気な人に限られるだろうが、口下手な六助に代わって茶太郎が愛嬌《あいきょう》を振りまいているらしい。

そのうちまた、この店にも顔を出してくれるだろうか。

馴染み客のおちかに六助の話をしたら、ぜひ会ってみたいと言っていた。自分の飼っているタロウを茶太郎と引き合わせたいのだという。

おちかは竹町の渡し場のすぐ近くの茶屋『松屋』で芸者をしている。休みのたびに顔を出してくれるから、そのうち店で一緒になると思う。可愛いおちかを見たら、六助はへどもどするかもしれないけれど。

茶太郎がついていれば平気かしらね——。

「どうしたんだい、にやにやして」

裏口から入ってきた平助が言った。

「思い出し笑いかね」

「そんなんじゃありません。ちょっと考え事をしていたのよ」

「ふうん。ずいぶん嬉しそうな考え事だな」

おけいが上目遣いで軽く睨むと、平助はへへ、と歯を剥いた。

その後ろには健志郎が立っていた。腕に瑞々しいススキを抱え、微笑を浮かべている。

「まあ、たくさん」

「これで足りますか」

「十分ですよ。店の中が賑やかになるわ」

昨日おけいは健志郎に、明日の朝、店へ来るときにススキを摘んできてほしいと頼んだのだ。もうじき中秋《ちゅうしゅう》の名月。あとで壺に入れて飾ろう。平助も団子を作ると言っている。

嬉しそうなのは平助のほうだと、おけいは胸で思った。

健志郎は今も平助の家で厄介になっている。伯父が間に入り、『しん』へ弟子入りすることを俊之丞へ認めさせたのだ。

もう隠居しているが、伯父は俊之丞の上役の父親と同輩だった。同じ役目につき、昵懇《じっこん》にしていた時期もあるという。

歳の離れた異母妹の喜和を可愛がっていた伯父は、離縁騒ぎのときから腹を立てており、健志郎が怪我を負わされたことで堪忍袋《かんにんぶくろ》の緒が切れた。そこで昔の伝手《つて》を使い、俊之丞に睨みを利かせたのだ。妹の喜和に加え、甥の健志郎にまで理不尽を強いるなら黙っておらぬと。すんなり話がまとまったとは考えにくいが、俊之丞は上役の目を考え、ことを荒立てるのは止そうと、伯父の申し出に従うことにしたらしい。

孫みたいな若者と暮らすようになり張り合いが出たのか、平助はこの頃ますます口が滑らかである。

この先、俊之丞がどう出てくるかわからないところはあるが、健志郎はしばらく『しん』にいられるようになった。平助が毎日店へ引き連れてきて、勝手場の仕事を教えている。

「今日は十三夜《じゅうさんや》だから、豆も供えるぜ」

「はい」

「どうして豆を供えるか知ってるかね」

「いいえ。お聞かせねがえますか」

「よし」

健志郎に教えを乞われると、平助は張りきる。喜々として講釈を垂れる姿が微笑ましい。健志郎は真面目な若者だ。熱心に耳を傾け、教えられた通りに手を動かす。

家では台所に立ったことがないと言うが、見ていると中々器用だ。魚河岸へ行くときも、重い荷を持ってくれるので助かるという。水仕事も嫌がらずやっている。

何より素直で礼儀正しいのがいい。

若者が一人加わったおかげで、厨の中も賑やかになった。

十三夜は豆名月《まめめいげつ》とも言われる。今年も豆や芋がたくさん収穫できたことに感謝の意を示すために、十三個のお団子と併せて、豆を月にお供えするのだ。

「秋の七草は言えるだろ」

興に乗った平助がそんな話を始めた。

「せり、なずなじゃねえぞ」

言わずもがなの冗談を口にして、眩しそうに健志郎を見上げる。

「萩《はぎ》、ススキ、桔梗《ききよう》に撫子、葛《くず》に藤袴《ふじばかま》——。残る一つは、おみなえしですね」

「ご名答」

二人の様子を眺めていると、つい思い出してしまう。

生き別れになった息子の佐太郎のことだ。

年回りも健志郎と同じくらいというせいもあるのだろう。

佐太郎も子どもの頃、おけいと一緒に七草を唱えた。舌足らずな声で「萩、ススキ」と節をつけて覚えようとする姿が、何ともいじらしかったものだ。

春の七草はお粥に入れて食べるが、秋の七草は目で愛《め》でる。佐太郎と手をつなぎ、近くの野原へ萩やススキを探しにいったのが、つい先日のことのように思える。

今日はあの子も月見団子を食べるだろうか。

どうか、まっすぐ育っていますように。実りある日々を過ごしていますように。幸せに生きていかれますように。

亡くなったという健志郎の母も、同じ願いを抱いていたことと思う。襷掛けをして生き生きと働く姿を見たら、きっと喜んだろうに。いつの日か息子の料理を食べる日がくることを心待ちにしたに違いない。

それを思うと胸も痛む。子と別れる辛さを、おけいもよく知っている。母を亡くした痛みを抱えながらも、懸命に励む健志郎が眩しい。きっと、強くて温かい人に育つはずだ。平助はいい弟子を得た。

どうか、この日々がなるべく長く続きますように。

睦まじそうに寄り添う平助と健志郎を眺めつつ、おけいは祈った。

光文社文庫

文庫書下ろし／長編時代小説
形《かた》見《み》　名残《なごり》の飯《めし》
著者　伊《い》多《た》波《ば》碧《みどり》

2022年11月20日　初版1刷発行

発行者　鈴木広和
印刷　堀内印刷
製本　ナショナル製本

発行所　株式会社　光文社
〒112-8011　東京都文京区音羽1-16-6
電話（03）5395-8149　編集部
8116　書籍販売部
8125　業務部

ISBN978-4-334-79441-5　Printed in Japan

組版　萩原印刷

光文社時代小説文庫　好評既刊

妙麟　赤神諒
弥勒の月　あさのあつこ
夜叉桜　あさのあつこ
木練柿　あさのあつこ
東雲の途　あさのあつこ
冬天の昴　あさのあつこ
地に巣くう　あさのあつこ
花を呑む　あさのあつこ
雲の果　あさのあつこ
鬼を待つ　あさのあつこ
旅立ちの虹　有馬美季子
消えた雛あられ　有馬美季子
香り立つ金箔　有馬美季子
くらがり同心裁許帳　精選版　井川香四郎
縁切り橋　井川香四郎
夫婦日和　井川香四郎
見返り峠　井川香四郎

花の御殿　井川香四郎
彩り河　井川香四郎
ぼやき地蔵　井川香四郎
裏始末御免　井川香四郎
百年の仇　井川香四郎
優しい嘘　井川香四郎
後家の一念　井川香四郎
橋場の渡し　伊多波碧
みぞれ雨　伊多波碧
城を噛ませた男　伊東潤
巨鯨の海　伊東潤
鯨分限　伊東潤
男たちの船出　伊東潤
剣客船頭　稲葉稔
天神橋心中　稲葉稔
思川契り　稲葉稔
妻恋河岸　稲葉稔

光文社時代小説文庫　好評既刊

深川思恋　稲葉 稔
洲崎雪舞　稲葉 稔
決闘柳橋　稲葉 稔
本所騒乱　稲葉 稔
紅川疾走　稲葉 稔
浜町堀異変　稲葉 稔
死闘向島　稲葉 稔
どんど橋　稲葉 稔
みれん堀　稲葉 稔
別れの川　稲葉 稔
橋場之渡　稲葉 稔
油堀の女　稲葉 稔
涙の万年橋　稲葉 稔
爺子河岸　稲葉 稔
永代橋の乱　稲葉 稔
男泣き川　稲葉 稔
隠密船頭　稲葉 稔

七人の刺客　稲葉 稔
謹慎　稲葉 稔
激闘　稲葉 稔
一撃　稲葉 稔
男気　稲葉 稔
追慕　稲葉 稔
金蔵破り　稲葉 稔
神隠し　稲葉 稔
裏店とんぼ　決定版　稲葉 稔
糸切れ凧　決定版　稲葉 稔
うろこ雲　決定版　稲葉 稔
うらぶれ侍　決定版　稲葉 稔
兄妹氷雨　決定版　稲葉 稔
迷い鳥　決定版　稲葉 稔
おしどり夫婦　決定版　稲葉 稔
恋わずらい　決定版　稲葉 稔
江戸橋慕情　決定版　稲葉 稔